GOBOOKS
& SITAK
GROUP©

GOBOOKS & SITAK GROUP©

三日月書版

三日月書版

輕世代
FW169
抖M的
半吸血鬼
NOVEL 哈皮
ILLUSTRATION 水佾
Vol.2
妖怪獵人，
今天也要狩獵你
Masochistic
Dhampir
三日月書版

Who is she ?

抖M的半吸血鬼

Masochistic Dhampir

Vol.2

妖怪獵人，
今天也要狩獵你

目錄 contents

亞麗莎

全名：亞麗莎・弗雷・德古拉
（Alisa Frey Dracula，簡寫A.F.D）

年齡：239歲

職業：無職

身高：149CM

體重：39KG

種族：吸血鬼（德古拉家族）

傲嬌又暴力的小女孩（外表），
但有時候也有溫柔體貼的一面。
超級甜食控。

林家昂

年齡：19歲
職業：大學生，在便利商店打工
身高：179CM
體重：62KG
種族：人類→半吸血鬼
宅男，打扮很隨意，
對於被精神虐待有著無法自拔的快感。

羅嘉綺

年齡：18歲
職業：大學生、妖怪獵人
身高：162CM
體重：49KG
種族：人類

性格開朗，天然呆的巨乳笨蛋，
即使18歲了依然相信有聖誕老公公的存在。
對於自己第二集才出現有點小怨言。

「就是他嗎？」

「**吸血鬼**，不會錯。」有著國字臉的壯碩青年看著手中的照片，回答一旁的高䠷女子。

他們像情侶一樣相互依偎著，但事實上是利用夜色的掩護，在便利商店對面的馬路上偷偷觀察裡頭的店員。

「看起來不像。」女子說道：「身上一點妖氣都沒有。」

「誰知道，但如果是**他**給的情報，十之八九錯不了，那個店員就是吸血鬼。」青年說著把相片收了起來。「總之，準備開始狩獵吧……從他開始。」

「久等了──」這時，從對面跑來一個兩手抱滿東西的漂亮少女。

少女穿著白色的連身薄紗洋裝，因為奔跑的緣故，裙襬輕飄飄的，傲人的上圍出現可怕的波動。

她有著一頭及腰的黑髮，模樣天真可愛，加上一身白的衣著，給人的第一印象既柔和又舒服。

用花來形容，就是百合花。

「喂，妳是跑去哪裡買了？」女子一見到她就沒好氣地說道：「明明就只是去對面買，怎麼買了這麼久？」

「對、對不起！」少女聽到她的話，連忙加快腳步。「——哇啊！」

白衣少女不小心被自己的腳絆倒，狠狠地往前一撲，以滑壘的姿勢撲到兩人面前。她手中的東西散了滿地，紙盒裝的飲料全摔破流了出來。

「唔……糟、糟糕……」白衣少女連忙坐起身，慌亂地看著自己導致的慘況。

「天啊，我的飲料……羅嘉綺，妳也太笨手笨腳了吧？」少女扶著額頭抱怨。

「對、對噗起！」白衣少女，羅嘉綺口齒不清地道歉。

「我怎麼會有這麼笨的妹妹啊……」青年嘆道。

就在兩人數落著羅嘉綺時，已經到了便利商店的換班時間，他們的目標匆匆進入後場，而店長正好滿身菸味地走了出來。

「那幾個人是……」店長注意到對面馬路的三個人，微微瞇起眼，數秒後嘆了口氣。「看樣子，又要不平靜了。」

抖M的半吸血鬼

Masochistic Dhampir

Chapter 1.

我和咬著吐司的巨乳笨蛋相撞！

星期二。

按掉吵死人的鬧鐘，我坐在床上看向窗外，然後伸了個大懶腰。

早上七點，因為第一節有課的緣故，我必須這個時候起床。對常常熬夜的大學生來說，早八的課總是令人痛苦——這也是為何我昨晚故意熬夜到一、兩點才睡的理由。

嘿嘿，一早起來就先M一下自己，今天就會是美好的一天，M之神萬歲！

我拿起手機，擴音播放最近迷上的新番片頭曲，走進浴室裡沖澡。

沖完澡，擦乾身體，我抹了抹鏡子，看清楚自己的模樣後才走出浴室——

這是我這幾天以來養成的詭異習慣。

直到現在，我還是沒辦法相信自己變成了吸血鬼，因為今天的我依然沒有長出獠牙，更不怕大蒜、陽光和十字架，和傳說中的吸血鬼根本扯不上任何關係。不過這大概是因為滿月還沒有到來，所以我才沒有轉變。

我走到小陽臺，拿起曬在外面的衣服，忍不住看向南部特有的漂亮天空，接著注意到那不起眼的月亮——已經趨近於滿月。

轉眼間，我已經認識亞麗莎將近一個月。

想到了亞麗莎，我拿起手機打開通訊APP，傳了訊息過去。

MM一族星人：早安。

兔兒與阿崽：這邊太陽還沒出來。

……還是一樣秒回，她真的不是普通地閒，而且我很好奇，難道吸血鬼都不用睡覺嗎？

我沒有回覆，微笑著走進房裡，準備穿衣出門。

兔兒與阿崽是知名動畫「黑白兔」中的白兔和黑兔，而這個ID也就是我前面所提到的亞麗莎，全名是亞麗莎．弗雷．德古拉，是大名鼎鼎的吸血鬼德古拉的後裔。

雖然她擁有優良的血統，但她完全沒有吸血鬼該有的模樣，就只是個嘴巴壞、暴力、愛吃甜食又任性的女孩，除此之外還是個家裡蹲。

就我所知，她的生活就是在電動、動漫和輕小說中度過，捨棄了所有睡眠時間，久久才會出門一次。

然後，我們就如同命運注定般，在她那久久一次的出門相遇了，而且還因為某些原因，我被她變成吸血鬼。不過不是完全的吸血鬼，而是個像狼人，只有滿月才會變身的半吸血鬼。

我騎上腳踏車，看著習慣的風景到習慣的早餐店買了一份習慣的早餐，接著進入校門。

「呀啊啊——！」

尖叫聲驀地從後方傳來，我本能地回頭一看，身後是一個有著及腰黑髮的可愛女孩。她五官清秀、皮膚白裡透紅，穿著合身的白色洋裝，及膝的裙襬繡著花紋蕾絲邊，完美地襯托出她姣好的身材，那可怕的胸圍，亞麗莎看了恐怕會流出眼淚。

這樣端莊可愛的女孩為何會突然尖叫？難道發生什麼事了嗎？

只見女孩深吸了一口氣，拿出一片吐司銜在嘴裡，接著拔腿狂奔。

裙襬因為劇烈的動作而飄揚起來，白皙大腿若隱若現，胸前更是波濤洶湧，整個場面色氣十足，但是她本人似乎完全不在意這一點，依舊以驚人的速度狂奔。

她就這樣從我一百公尺外的地方直直跑了過來，接著朝我一撲——

等等，朝我一撲？

她的行為舉止太過超乎常理，我完全來不及反應，就這麼看著她躍到半空中，整個人成大字形地撞到我身上。我只感到天旋地轉，還有一縷香氣撲鼻而來，同時左手傳來一陣柔軟又有彈性的觸感——

沒錯，就是那種動畫裡才會出現的神奇跌倒，我親身體會了。

我定睛一看，發現她那張清秀漂亮的臉距離我不到二十公分，而且她本人似乎沒有察覺我左手的位置很不妙。她鬆開口中的吐司，噘起小嘴，緩緩湊了上來——

等等，她該不會是想演「上學途中和咬著吐司奔跑的少女相撞，結果跌在一起不小心接吻了」的戲碼吧！不過這個情境是這樣發生的嗎？

望著她越來越近的臉龐，我全身僵硬得不敢動作，深怕一個不小心就出了什麼意外，腦袋因為混亂而一片空白。

就在我心跳加速得快要跳出胸口時，她在距離我五公分的地方停了下來，神色糾結地看著我，似乎是在掙扎什麼。

她的臉上出現一抹明顯的桃紅色，接著瞬間變成豔紅色，一直擴散到耳根子去。

「可、可惡！」她就像觸電般從我身上彈起，一臉懊悔地抱著頭大叫：「哇啊啊！好不容易製造的好機會啊！但、但是……」

那對漂亮的眼睛望著我，居然開始漾起水氣。

「算你厲害……嗚嗚……可惡！」

「蛤？」

「我、我一定會成功！絕對會！」女孩指著我大叫，一邊擦著眼淚一邊跑走，轉眼間不見身影。

……到底是什麼鬼？我做了什麼嗎？她是不是認錯人了啊？

我緩緩坐起身，發現我的早餐全被壓扁了，買的紅茶流得一袋都是。與此同時，上課鐘聲響起，等等課堂的老師很嚴格，我晚進教室八成會被他狠瞪吧……

感覺糟糕得讓我愉悅。

星期三。

我正前往教室。

雖然我很享受昨天的挫折感，但是我一點都不想和金錢過不去，為了避免又損失一份早餐，今天我刻意換了一條路線，以免再碰到那個詭異的女孩。

不過她還挺可愛的……

先聲明，我可沒有期待什麼！也沒有記住昨天那個會奪走人理性的可怕觸感！

「前面的那個誰給我站住——！」似曾相識的聲音在背後響起。

……看來是我想得太簡單了。

昨天那個女孩又出現了，這次我很確定她是衝著我來，因為不可能連續兩天都這樣「巧遇」。她今天穿著雪白的女式襯衫和灰色緊身褲，長髮飄逸。

她拿出一片吐司，放到嘴裡咬住。

……又來這招，她到底是怎麼回事？我認識她嗎？我的嘴角微微抽動。

我很確信我碰到的這個傢伙不是怪人就是笨蛋，不，看這情況應該是個又怪又笨的傢伙。

「呀啊——」她一邊怪叫著一邊朝我衝來。

這次我早有準備，輕鬆閃過了她的撲擊，白衣少女一個踉蹌，叩一聲以臉著地，整個人呈大字形趴在地上。

無聲的沉默瀰漫。

「呃……妳沒事吧？」看她沒有哀嚎也沒有立刻爬起來，我有些無言地問，接著在聽到我的問句的瞬間，她立刻回過頭淚眼汪汪地看向我，額頭上還出現了一個大腫包。

……好吧，看起來很有事，不管是她的額頭還是她的腦袋。

「你為什麼要躲開！」女孩的語氣充滿責備，不甘心地大叫：「你為什麼要躲我！」

「等等，怎麼好像變成了我的錯？」我的嘴角微微抽動。

「本來就是你的錯！」女孩想都不想地道。

她遲鈍地爬起身，毫無形象地大力吸回流出來的鼻涕，那副委屈的樣子，莫名給人一種楚楚可憐的感覺。

「可惡……很痛耶！你以為人家想做嗎！人家都是為了你做的，結果你居然這麼對我！」

這句話明顯很有問題吧！

她甜甜的叫聲立刻吸引其他人注意，不少人甚至停下來看熱鬧，強烈的羞恥感快要讓我失控地M笑。

這樣不行！

我連忙轉過頭，試著不去看、不去注意，無論是女孩還是圍觀的人群。

「看我啊，你怎麼不敢看我！」女孩的叫聲再次傳來。

一雙柔軟的手貼上我的臉頰，接著一股力量強硬地將我的脖子轉正，女孩直接把臉湊了上來。

眼神相對，我更加看清楚她那對漂亮的眼眸。

「都腫起來了……你要怎麼負責！都是你害我腫起來的！」

周圍頓時一片譁然。

「懷孕了嗎？」

「難道是那個男的拋棄她？」

「女方還滿漂亮的耶……」

這已經不是竊竊私語，而是公開議論的程度了。

我完全不知道該怎麼解釋，真的是跳到河裡都洗不清，我總算知道啞巴吃黃蓮是什麼滋味。

拜託，看一下她的額頭！

「說話啊！」女孩氣鼓鼓地瞪著我。

「這、這個……」

「我不想聽你說，反正都是藉口！」

那我到底該不該說！還有我才沒有打算辯解！

「你知道我等你多久了嗎？沒想到你居然這樣對待我！」女孩放開了我，

語氣中帶著明顯的沮喪：「真的是……浪費我的時間……」

她轉身抹了抹眼淚，落寞地離開了。

圍觀的人群很有默契地主動讓開一條路，同時以同情的眼神看著她。

我才是需要被同情的人吧！

「……人渣！」不知道哪裡來的聲音這麼罵。

我愉悅地笑出聲。

星期四。

昨天真的是無妄之災，我差點被人圍毆。在那之後有幾個完全不認識的男生圍住我，質問我到底發生了什麼事，接著舉起拳頭一副要揍我的模樣。

所幸不知道是誰說了一句「不要在人渣身上浪費力氣」，才救了我一命。

雖然僥倖逃過一劫，我的心情還是很複雜。

誰可以告訴我到底是怎麼一回事啊！

也因此，今天我決定再換一條路線去上課，以免再碰到那種詭異的事情

——可是我錯了。

此刻，女孩正站在前方的路上，一副自信十足的模樣。

她到底是何方神聖，連我要走這條路都知道！

她今天穿的是前天的洋裝，額頭上貼了一塊方正的ＯＫ繃。

或許是因為昨天的事情讓她連埋伏都懶了，直接堵在路中央，做出「放馬過來」的手勢。她拿出她的招牌吐司，咬住，接著張開雙手蹲起馬步，顯然在等我走過去。

「……」我立刻轉身走開。

好險對方是個笨蛋，一點都不需要擔心。

「喂，你給我等一下！」她大叫。

我就像是聽到起跑口令一樣，立刻拔腿就跑。

誰要等她啊！

回頭一看，她也追了上來，但是速度遠遠不如我，我拐了幾個彎就立刻把她甩掉了。

我靠著牆喘氣，謹慎地貼牆查看，確定沒有人後才鬆了一口氣。

……那個女孩子到底想做什麼？算了，乾脆回家好了。

這時，口袋裡有東西震動了一下，嚇我了一跳。

我拍拍胸口，立刻拿出震動源，也就是口袋裡的手機。

兔兒與阿崽：今天午夜十二點開始進入滿月週期。

然後是個白兔抬頭看月亮的貼圖。

滿月週期，也就是農曆十四、十五和十六日，這三天都是滿月，但十五號的月亮最圓；換句話說，我會從今天午夜開始變成吸血鬼，力量則在十五日達到高峰。

對了，說到滿月，後天就是中秋節了，不知道亞麗莎想不想體驗一下臺灣人的賞月文化？

MM一族星人：要賞月嗎？

我的訊息一如往常地瞬間已讀，卻反常地沒有立刻收到回應。

……難道我傳了什麼奇怪的訊息嗎？

重新看了一次，我並沒有打錯字或說錯什麼，這讓我更加不懂。

兔兒與阿崽：少廢話，臭蟲，別以為這樣就能把我騙出去，我只是怕你變成吸血鬼後因為腦殘而露餡，你想到哪裡去了？

兔兒與阿崽：別做夢了，你這個髒兮兮的衛生紙！

啊啊啊，真是太棒了！這樣子才是我認識的亞麗莎嘛！

「奶奶，那個葛格笑得好怪！」

「夭壽喔……小孩子別亂看，快走快走！」

老婆婆一臉警戒地拉著紅衣小女孩快步經過，小女孩回頭盯著我，然後揮揮手，露出一抹笑容——

一陣惡寒瞬間竄過全身，解除我的M狀態。

這股熟悉的惡寒是怎麼回事……

我想了一下，馬上得出結論。

難道，那對祖孫也是妖怪？

望著她們的背影，我想到先前亞麗莎說的，關於世界妖怪數量的事情，忍不住會心一笑。

大家都活在這個世界。

回到家裡，我簡單沖個澡，拿了換洗衣物和旅行用品便再次出門。在附近的麵店隨便解決了午餐，又到便利商店和店長閒聊幾句，買了亞麗莎常常買的甜食和把班表排開後，我出發朝著德古拉古堡的方向走去。

走在小路上，兩側是生鏽的鐵絲網做的圍籬，後方是一整片的檳榔樹。我拿出耳機，聽著手機裡的宅歌，回想著這裡曾發生過的事。

就是在這裡，我和**吸血鬼**亞麗莎相遇。

好快啊，轉眼間就要過一個月了。

雖然我很清楚這一切都是真的，但心底還是有某個聲音在否定妖怪存在的事實，人類總是如此矛盾。

我不禁莞爾，然後停下了腳步。

一道人影出現在前方，看起來和我差不多年紀的女孩正靠在電線桿上，似乎在等人。

「……妳為什麼會在這裡？」我不悅道。

「當然是在等你啊！」她理所當然地雙手扠腰，擋住我的去路。

是那個女孩，那個連三天咬著吐司堵我的女孩。

「妳到底為什麼會知道我的行蹤？」

「哼哼，只要是關於你的事我都知道！」女孩一臉驕傲地說，還微微挺起胸口。

「妳是哪裡來的跟蹤狂……」我忍不住向後退了幾步，「還是痴女？」

「倫家才不素跟蔥狂，也不素粗女！」女孩氣得大叫，還激動得大舌頭，

「倫家是妖……」

她忽然停住了話。

「好險好險，幸好沒曝光身分……」女孩長長呼了一口氣，「差一點就被你套話了，真是陰險！」

不，是妳太笨了，而且我根本沒有想套話的意思。

「所以，妳到底是誰？」

「唔！」女孩像是觸電般顫了一下，接著哈哈乾笑起來，「這、這個咩……我是那個……怎麼說……路過的那個……這個……」

「嗯，總之，再見。」我決定無視她，迅速離開現場。

「等、等一下！」她揪住我的衣角，慌亂道：「你、你要聽我說完啦！」

「聽妳說什麼啦！」看著她那張可愛又著急的臉，我有些擔心她會不會又突然撲上來。

「其、其實……」她結結巴巴地說。

雖然我很清楚現在不是要告白，但在這種氣氛下，又面對這麼可愛的女孩子，沒有男人不會臉紅心跳。

當然，前提是那個男人喜歡的是女孩子。

女孩似乎下定了決心，一鼓作氣道：「我是來狩獵你的！」

「……蛤？」出乎意料的答案讓我瞬間石化。

「唔……」女孩微微鼓起臉頰，「你真的很會套話耶！」

「不，我根本什麼都沒做。」我不由得開口吐槽。

她抬起頭，眼神十分銳利，「你是吸血鬼，對不對？」

「唔！」我嚇了一跳，警戒程度瞬間衝到滿點。

「沒錯吧？吸血鬼。」她又問了一次，雙眼緊盯著我。

「妳、妳在說什麼啊！」我呵呵笑了兩聲，試著蒙混過去。「妳是小說看太多所以把三次元和二次元搞混了嗎？吸血鬼這種東西怎麼可能存在！」

「才不是，吸血鬼真的存在！」女孩以肯定的語氣說，「還有像是蟾蜍精、殭屍，甚至是傳說中的四神獸青龍、白虎、朱雀、玄武，他們也確實存在於世界上！吸血鬼，要是連你自己都不肯定自己，那你就沒有活下去的意義了！」

眼前的女孩很明顯對這個世界的「另一面」相當熟悉，我突然想到了之前追殺我們的集團——

難道是西方妖怪殲滅聯合？

我向後退了一步，做好隨時逃跑的準備。

「就、就說是妳小說看太多了……妳該不會是《暮光之城》的書迷吧？抱歉，如果妳想找愛德華，請去找個帥一點的。」

眼前的女孩沒有說話，只是緩緩從口袋中拿出一張相片——是我的相片，而且還是吸鬼狀態的我！

相片裡的我正在戰鬥，對象正是上次的蟾蜍精，我的身上插了好幾把銀色長劍，表情猙獰地屠殺著他們。光是用看的，我就已經起了一身雞皮疙瘩。

那個時候的我怎麼看都像混世大魔王……不對，這不是重點，她究竟哪裡來的相片！

當時在場的除了我、亞麗莎和蟾蜍精以外，還有一個人——

李星羅！

「這個人是你，對不對？」女孩把相片往我的臉湊來。

「妳是西妖殲的人？」我壓低聲音問。

現在再怎麼掩飾都沒有用了，我必須做好逃跑的準備。

「吸腰間？怎麼吸？」女孩困惑地歪頭。

「妳是西方妖怪殲滅聯合的……妖怪？」

「我才不是妖怪！」她馬上反應過來，生氣地叫道，「我是……啊，差點就暴露我的身分了。」

女孩拍拍胸口。

「那就好。」我鬆了一口氣，同時迅速轉身。「再見！」

既然不是西妖殲的妖怪，那就沒問題了……吧？

「喂！我、我不說要狩獵你了嗎！」女孩連忙跑到前方，擋住我的去路。

我直接繞過她，但她也立刻繞了過來，死命地張開手攔我。

就這樣持續了幾輪，她一臉得意地說：「知道我的厲害了吧！你是繞不過去的，別想逃出我的手掌心！」

她好煩啊！

「所以妳要怎麼狩獵我？」我開門見山問。

「當然是用妖怪獵人傳授的技巧……啊啊，身分暴露了，怎麼辦！」女孩抱著頭，懊惱地尖叫出聲。

「……」

「你、你真的很會套話耶！小人！」女孩不服氣地大叫。

「我根本什麼都沒做……」

這傢伙根本沒辦法溝通啊！她是人類嗎？她真的聽得懂中文嗎？

「別再狡辯了，邪惡的吸血鬼！」她從口袋中抽出一張黃紙——是殭屍電影裡常會看見的符咒——下一秒，符咒燃起火光。「**妖怪獵人羅嘉綺**，賭上羅家之名，現在就來討伐你！」

看見她手中的火球，我瞬間明白眼前的東西和亞麗莎口中的「魔法」相同。

所以，她是很認真地來要我的命嗎？

我瞬間慌了手腳，連忙解釋道：「我只是個普通人啊，哪裡像吸血鬼！」

「多說無益，受死吧！」女孩，妖怪獵人羅嘉綺叫著，扔出手中的符咒，燃燒的符紙在半空中化成一顆火球，接著迅速分裂成三顆。

「接招，三昧真火！」

「喂，很危險耶！」我連忙閃開。

落地的瞬間，火球轟一聲爆燃，在地上留下一片焦黑。

「可惡，挺厲害的，居然能閃開我的攻擊，不愧是吸血鬼！」羅嘉綺說著又掏出一疊符紙，「不過，才剛開始而已！」

……火球的飛行速度和紙飛機差不多，閃不開才奇怪吧？

不過可怕的不是被火球打中，而是萬一有風吹來，火球飛進旁邊的檳榔園引發火災怎麼辦啊！

「妳等一下，有話好好說！這樣玩火很危險！」

「哼哼，我可沒有這麼好騙！」羅嘉綺露出一抹得意的笑容，「這只是你想要趁機逃跑的藉口，對吧？狡猾的吸血鬼，我才不會上當！」

我到底該怎麼跟她溝通……

「受死吧，吸血鬼！以羅家之名，**炎龍火玉**！」話語一出，她手中的黃紙瞬間燃燒，但沒想到火焰居然迅速蔓延到她手上。

「好、好燙！」羅嘉綺叫了一聲，馬上丟掉手中的符紙，雖然沒有被火球燙傷，裙襬卻被火花點燃。

「咦？」她看著起火的裙襬愣了幾秒，「我、我的衣服！」

「擔心衣服前先擔心自己的性命吧！」我連忙把手中的東西一放，衝上前去替她控制火勢。

「變、變態，你想做什麼！」羅嘉綺雙手護胸，不顧一切地往後退，結果不小心被自己的腳絆倒。

我急忙伸手拉她，結果重心不穩，也跟著往前撲倒——

好險！

我雙手及時撐住地板，緊密相貼的身體壓息了裙襬的火焰，兩人臉頰的距離相距不到五公分，甚至可以清楚感覺到她略微加快的呼吸。

「嗚……我被吸血鬼汙辱，我不純潔了、我嫁不出去了……」羅嘉綺雙眼瞬間漾起一片水氣，一副快哭出來的模樣。

不管從哪個角度來看我都是壞人，而且還是十惡不赦的變態。

但我明明就拚命守住了她的吻耶！

我連忙起身，但她還是躺在地上，摀著臉哭道：「嗚嗚嗚，我被吸血鬼推倒了……我嫁不出去了啦！」

「妳夠了喔，我什麼都沒做好嗎！」我瞪向她，卻在看清她身體的下一瞬立刻把頭別開。

白、白色的……

因為被火燒掉的緣故，羅嘉綺的裙子只剩口袋以下的一小截，露出了小紅緞帶裝飾的蕾絲內褲。

「你都推倒我了還這麼多藉口，你一定要負責！」她躺在地上用很奇怪的姿勢看著我，「喂，我在跟你說話耶，為什麼不正眼看我！」

和這種笨蛋生氣真的是白費力氣……我嘆了一口氣，脫下外套蓋到她身上。

「呀啊！」羅嘉綺這才意識到自己走光了，連忙坐起身，用我的外套遮住露出來的地方。

「謝、謝謝……」她別開視線別開，臉頰微微泛紅，模樣羞澀得讓我忍不住嚥了口口水。

「好了，妖怪獵人大人，請問我可以走了嗎？」我回頭拿起東西，然後又看向她。

「當然不行……哇！」她站起身的瞬間又蹲了下去，緊緊抓住我的外套。

……這樣的笨蛋當妖怪獵人真的沒問題嗎？而且還被獵殺的目標幫助。

「我要走了，妳也快點回家吧。」我趁機繞過她。

下一刻，我的衣角被揪住，轉過身，只見羅嘉綺淚眼汪汪地盯著我。

一瞬間，我有種看見被拋棄的小狗的錯覺。

我無奈地拿出手機傳訊息給亞麗莎，轉頭看了羅嘉綺一眼，不由得又嘆了口氣。

「走吧。」我伸出手。

「欸……？」她愣愣地看了看我，又看了看我的手。

「怎麼了嗎？」我先是困惑了幾秒，然後緊張地說：「我只是想拉妳一把，妳別想太多！」

「不、不是……只是、只是我可以牽嗎？」她伸出手，一碰到我又立刻收了回去，「我真的可以被你拉一把嗎？」

「這不是當然的嗎？說什麼蠢話。」我說著，主動握住她的小手，將她拉了起來。

抖M的半吸血鬼

Masochistic Dhampir

Chapter 2.

吸血鬼無庸置疑的慘敗！

眼前的房子貼著白色瓷磚，有座小陽臺和前庭，還用許多花草布置得相當漂亮，看起來和附近的房子外觀差不多，但事實上，它能直達史上最有名的吸血鬼——德古拉的家！

據亞麗莎所說，眼前所見全是魔法製造的幻象，實際上這裡只是個雜草叢生的空地，用以掩藏德古拉古堡的「入口」。

至於連結的方式，簡單來說就是和魔法有關，詳細的理論我完全聽不懂，自然沒辦法解釋。

「這裡就是你家嗎？終於找到了……吸血鬼的巢穴！」羅嘉綺好奇地東張西望，然後發出奇怪的低笑聲。

「呃……這裡的確算是吸血鬼的巢穴，但不是我家。」

「別想欺騙我，我沒這麼好騙，我早就看穿你的計謀了！」她得意地看著我，「你就別掙扎了，乖乖承認吧！」

這樣的對話已經重複了好幾次，我懶得再向她解釋。

我伸手按了門鈴，隨即後退一步。

「欸欸，為什麼進自己家裡還要按門鈴？這是什麼暗號嗎？」羅嘉綺說著，神經兮兮地看了看四周，「可是這附近沒有什麼法術反應……」

「就說了這裡不是我家，當然要按門鈴。」我嘆了一口氣。

「所以這是入侵民宅？」她歪頭看向我。

有誰入侵民宅前會先按門鈴啊！

「喔喔喔喔！」她突然恍然大悟似地大叫，「你是想入侵民宅，屠殺這一家人對不對！你這個現行犯，被我抓到了！」

就在她大聲嚷嚷的同時，大門傳來喀的一聲，門扉打開，一道人影出現在我們面前。

……女僕？

眼前的女子穿著女僕裝，金色長髮俐落地盤在腦後，碧藍雙眼如同上等的藍寶石，白嫩的皮膚吹彈可破，搭上深邃五官，是個標準的外國美女。

她的衣服明顯經過設計，及膝的黑色連身裙繡著白邊，大U領露出深深的事業線，黑色馬甲緊束，襯托出漂亮的胸形。她雖然看起來像外國人，身高卻只有一百六左右，比我矮上一些。

突然出現的美女讓我忍不住驚嘆一聲。

不過，她是誰……怎麼感覺有點面熟？

「麻煩一下，別在別人家門口打情罵俏好嗎？現在才幾點就想做十八禁的事情。」女僕露出甜美的笑容，說著和外貌形象完全不符的話：「在別人家門前亂搞就算了，還按門鈴想叫對方出來看……你們這對沒有羞恥心的狗男女。」

「對，我是狗，請罵我！啊嗚——！」我的M魂瞬間覺醒，身體完全不受控制地自動下跪，五體投地地趴在女僕面前，全身酥麻得無法自拔。

「真的如同主人說的那麼噁心。」女僕緩緩說道。

「你、你在幹什麼……」羅嘉綺的聲音微微顫抖。

呃……糟糕……

我連忙站起身，清了清喉嚨，故作鎮定地看向女僕。

「抱歉，我按錯門鈴了，我應該是要去隔壁那家……」我看向左右兩方，除了檳榔樹就沒有住家，根本沒什麼隔壁不隔壁的問題。

那我應該沒跑錯地方吧？她到底是哪裡來的女僕？

「我——的——甜——食——」屋裡突然傳來亞麗莎慵懶的聲音。

我來之前和她說會帶滿滿的甜食拜訪，她還很不客氣地指定品項和數量。

所以我沒跑錯地方啊！

「家昂大人您好。」女僕突然微微欠身，臉上依舊掛著迷人的笑容，「我是菈菈．德古拉，是德古拉一族的女僕，專門負責德古拉古堡裡大大小小的事物。」

「所以妳也是……亞麗莎的族人？」我困惑地問。

但是亞麗莎的族人不是已經……？

「又出現一隻吸血鬼！」羅嘉綺叫道，連忙掏出符紙，「你們別亂來，我可是妖怪……咦？」

一個眨眼，名為菈菈的女僕已站到羅嘉綺面前，同時抓住了她的雙手，制止她的動作。

好快！

「我並不是吸血鬼，我是戰鬥型號ＸＩＩＩ，通稱路西法的魔導具。」菈菈臉上雖然掛著笑容，身上卻散發出駭人氣息，「因為主人的命令，所以我必須善待家昂大人，至於其他人……」

「嗚哇！」羅嘉綺扔下手中的符咒，甩開菈菈迅速鑽到我身後。透過衣服，我感覺得到她正在發抖。

「呃……妳不是妖怪獵人嗎？」我回頭看她。

「魔、魔導具又不是妖怪！」她害怕地叫著，然後鼓起臉頰，不滿地看著我。

這怎麼聽都是詭辯，但又莫名地有道理。

「我是妳要討伐的對象耶，怎麼會需要靠我保護？」

「因、因為你是好人，你不會攻擊我……就算我要被殺掉，你一定會先出來袒護我！」

哪招啊，我有濫好人到這種地步嗎？雖然她說對了一半……

「你們！到底！要不要！進來！」裡頭傳來亞麗莎的咆哮聲，「甜──食──！」

「總之，請家昂大人和無腦附屬品進來吧。」菈菈重新站回門口，側身做出了請的手勢。

「無腦附屬品……在說什麼東西？」身後的羅嘉綺小聲問。

唉，為什麼是罵她不是罵我呢？這根本是種浪費！

一進門，富麗堂皇的大廳頓時展現眼前。純白大理石地面、挑高的天花板、精緻的歐風家具、各種美術品和畫作，從落地窗望出去，外頭是一片花海，空氣中還有一股淡淡的紅茶香。

雖然已經是第二次來，但我依然覺得這座大廳讓我無法放鬆——除了左前方的那一塊。

左前方的大廳被現代化的家具和電器占據，有種小套房的感覺。液晶電視、小茶几、堆得滿地的雜誌和漫畫小說、紅色大沙發，電視機前還擺了各種電視遊樂器和遊戲片、DVD，地上都是未開封的零食，只有茶几上的瓷製茶具和這個大廳整體相襯。

而這間房子的主人，亞麗莎側躺在沙發上看電視，她穿著黑白兔的棉質睡衣，抱著黑白兔玩偶，漂亮的黑色長髮散亂在肩上，除了用「典型家裡蹲」來形容之外，我實在想不出更確切的形容詞。

「你們終於肯進來了……」她伸了個懶腰，接著燦爛一笑，向我伸手，「說好的甜食呢？」

這傢伙，難道不知道什麼叫做形象嗎？有客人來都不懂得去換件能見人的衣服。

「是啊，我們來了。」我嘆口氣，把甜食放到桌上。

剛剛傳訊息時我明明有說，我帶來的是妖怪獵人，結果她還是這個調調，完全看不出有任何緊張感。

「天啊，你這個該死的蘿莉控！」羅嘉綺叫了出來，一個箭步衝到亞麗莎身邊，將她護在身後，「居然囚禁這麼小的小女孩，你這個大壞蛋！邪惡的妖怪！」

「這是一個嚴重的誤會，該怎麼說……」

我頭好痛。

「事實都在眼前了，還狡辯！」

「總之，我建議妳離她遠一點。」看著亞麗莎，我真的替羅嘉綺接下來會發生的事情感到擔心。

「你要我放開她然後被你……唔！」羅嘉綺說到一半就打住了，臉蛋瞬間一片通紅，低頭看向下方，「請、請問妳在做什麼，小妹妹？」

亞麗莎正毫不客氣地揉捏著羅嘉綺的胸部，雙眼透露出無限的哀怨。

「可惡……到底是吃了什麼才會變這麼大，該死的乳牛！」亞麗莎咬著牙，一副快哭的模樣，大力捏住羅嘉綺的胸脯、放開，接著又捏了下去，就這樣重覆了三次，眼神滿滿都是不甘。

「哇啊！」羅嘉綺連忙把人推開，雙手護住胸口，雙頰緋紅地瞪向我，「你到底都教了純潔的小朋友什麼東西啊！」

「又是我嗎！」我的嘴角微微抽動。

「可以別對主人這麼無理嗎，乳牛怪？」菈菈突然出現在羅嘉綺身後，一手按住她肩膀，掛著陰沉的笑容道：「就算主人一點胸部也沒有，也請妳別用妳的胸部諷刺她，如果又讓我發現她半夜躲在棉被裡做奇怪的豐胸按摩，或是冰箱裡的牛奶又消失得無影無蹤，我一定找妳算帳。」

……我搞不懂她到底是想護主還是損主，那幾句怎麼聽都是在攻擊亞麗莎吧！

「嗚嗚！」羅嘉綺又一副快哭的模樣鑽到我身後。

「我半夜做的是伸展身體的體操！」亞麗莎連忙反駁，但血紅色的雙瞳飄忽不定，一副心虛的模樣，「還有、還有我沒有偷喝冰箱的牛奶！是菈菈妳自己喝的結果忘記了吧！」

「主人您是不是忘了呢？」菈菈的笑容包含著慈愛以及憐憫，「除非魔力源的供給中斷，要不然魔導具不用進食喔！」

「妳、妳才忘了吧！妳的魔力供給人又不是我！」

「雖然如此，但是我一直有接受不知名的魔力供給，這點主人也知道喔！」

「唔……」亞麗莎鼓起臉頰，惱羞成怒地瞪向我道：「都、都都是你害的，林家昂！都是你！」

呃……喝牛奶胸部會變大是謠言，而且就算真的有效，對兩百多歲的吸血鬼來說會有用嗎？已經過了有效期限吧？

「全部都是林家昂你的錯！」亞麗莎臉頰紅通通地瞪向我：「沒事帶這個乳牛怪過來做什麼！我是答應你讓人來這裡換衣服，但是我沒聽說居然是這麼大、大、大、大、大……喜馬拉雅山的怪物耶！」

「簡單地說，因為主人是太平山，所以沒有適合的衣服可以借穿。」

感謝菈菈白話的翻譯……妳們主僕有仇是吧！

「才不是！」亞麗莎激動地跳腳，「只、只是……總之，林家昂你這個畜牲來這裡給我跪好！」

「遵命！」我立刻飛撲到亞麗莎腳邊，「我是畜牲，請大力地罵我吧！嘿嘿嘿嘿嘿！」

「天啊，居然可以這樣命令吸血鬼下跪……」羅嘉綺充滿驚訝的聲音傳來：「妳到底是何方神聖？」

「蛤？」亞麗莎坐回沙發，翹起二郎腿看向她，眼神充滿不爽。

下一刻她一腳踩在我臉上。

「嗚噗！」這一腳瞬間把我踹回成正常人，我摀著臉，連忙站了起來。

「居然還敢踹吸血鬼……請問您是哪裡的高人？」羅嘉綺的雙眼中透露出崇拜的光芒，「該不會您已經馴服了這裡的吸血鬼？」

馴服？她到底把我當成什麼東西了？

「喂，林家昂，你有沒有跟她說明過啊？」亞麗莎撇了撇嘴。

「我有講，只是她根本聽不懂，而且還嚴重曲解。」我無奈地說：「她堅信這裡是我家兼吸血鬼大本營，我也沒辦法。」

「吸血鬼的話哪能聽！」羅嘉綺雙手扠腰，還哼了一聲。

話說我的外套呢？她從什麼時候開始就這樣露出大腿和一點點內褲四處走啊？她不會覺得涼涼的嗎？

德古拉古堡本身位於羅馬尼亞，緯度比臺灣高，氣候涼了不少，所以我都會帶外套來。

「我說的都是實話。我再說一次，這裡是德古拉古堡。」我試著再次說明，「然後妳眼前的小女孩，她就是現今德古拉古堡的主人，亞麗莎．德古拉。」

亞麗莎裝模作樣地清了清喉嚨，然後單手撐住臉頰，十分有吸血鬼之王的架式。

「這、這麼小的孩子……」羅嘉綺上下打量了亞麗莎一番，然後一臉不可置信地說：「不可能，我沒這麼好騙！這也是你的陰謀對不對！」

聽到她的結論，亞麗莎撐著臉頰的手瞬間滑掉。

「妳看，就是這樣。」我扶額說道。

「主人，您這時候就該說『胸部小有胸部小的好處，別用胸部歧視我』。」

為什麼又扯到那裡去！

「喊，胸部大就了不起嗎！小也有小的好處，別用胸部歧視我！」亞麗莎照本宣科地叫著，接著露出招牌的尖牙，「妳看，我就是因為小才能當一城之主，還把城堡打理得這麼好！」

我該怎麼吐槽呢……而且這樣就開始自暴自棄，沒問題嗎，吸血鬼大人？

「這、這獠牙……難道妳是吸血鬼？」羅嘉綺驚訝地後退了一步。

她終於懂了啊啊！我怎麼會有種莫名的喜悅感？

「不僅如此，她還是赫赫有名的德古拉伯爵。」我趁機補充說明。

「唔！啊啊……啊啊啊……」羅嘉綺身體一顫，雙眼瞪大、臉色發白，然後迅速地躺了下來，再也不動。

「喂！」我連忙跑到她身邊，只見她繃著一張撲克臉，不像有事的樣子，

「呃……妳在做什麼？」

她微微動嘴，似乎在說什麼。

「什麼？」我蹲下去，想聽清楚她在說什麼。

「……別……話……裝……」

「蛤？」我把耳朵湊到她嘴邊。

「……別跟我說話我在裝死！」她突然大吼，嚇得我一屁股跌在地上。

搞什麼鬼！

「妳以為妳是遇到熊啊！」

我回頭看向亞麗莎，她已經笑趴在沙發上，嬌小的身軀不斷打顫，一副快笑死的模樣。

「放心吧，亞麗莎不會傷害人的。」我嘆口氣說。

「別把主人說得像狗一樣可以嗎？家昂大人就像是在說『放心，波奇很乖不會咬人，所以可以拍打餵食』一樣。」一旁的菈菈替我的話多做說明。

「林、家、昂！」亞麗莎立刻轉頭，狠狠瞪向我，「你居然說我是狗！」

「等一下，怎麼會變成是我說的！」

「你這條狗，立刻到我前面來坐下！」亞麗莎指著我叫道。

「汪嗚！」我立刻在亞麗莎的面前蹲坐下來。

「轉三圈！」亞麗莎下令。

「汪！」我馬上吐著舌頭用向左爬了三圈。

「誰是狗！」

「汪！」一陣酥麻感從脊椎直竄全身，啊啊，果然亞麗莎是我最棒的S女王！

「你、你還騙我說不可怕！」羅嘉綺顫抖的聲音從身後傳來，「你都怕到在那邊當狗了……」

……我該怎麼說明這種情況？

「那個乳牛怪真的很討厭，把她拖下去換衣服！」

聽到亞麗莎的命令，菈菈拍拍手，接著一個看起來和她十分相像，但是是黑髮棕眼的女僕從旁出現——是上次替我送酒的女僕。

難怪我一直覺得菈菈很面熟……

「唔，妳們想做什麼！」羅嘉綺坐起身，驚恐地看著逐漸逼近的兩名女僕，「哇啊！妳們要把我變成吸血鬼嗎！不、不要啊啊！」

菈菈和女僕一人抬上半身一人抬腳，以很醜的姿勢將羅嘉綺抬走。

「那個是菈菈的姐妹？」

「你控女僕？」亞麗莎盯著我，微微瞇起眼。

「不是！」我說道：「只是想向她道謝而已，她上次幫我送酒。」

「喔——那就不必了，因為她和菈菈不一樣，只是具魔法傀儡，沒有自己的意識，你和它講話它也不懂。」

「……這樣啊。」我說著，隨手拿了包巧克力放到亞麗莎面前，她的雙眼瞬間一亮。

真是的，和嘴饞的小孩沒兩樣。

亞麗莎連問都不問，自己動手開了包裝，一臉幸福地吃起巧克力。

「妳都不擔心嗎？」我蹙眉問道。

「吸血鬼不會胖也不會蛀牙，有什麼好擔心的？」

「還真方便的身體機能……不過，我不是在問那個。」我拿出我的無糖綠茶，問道：「我是指妖怪獵人的事，妳都不擔心嗎？」

亞麗莎哼笑了幾聲，繼續吃著巧克力，露出滿足的模樣。

「你覺得有必要擔心嗎？」

「呃……怎麼看她都只是個例外吧？」我的嘴角微微抽動，「如果是其他人……」

「的確，她是個例外，不過她的例外程度和你所知道的不同。」她說出了令人意外的答案，「她現在雖然還不會對我造成威脅，但十年後就不一定了。相較於其他人，我還比較提防她。」

「這是什麼意思？」

「不是有句話說，『笨蛋總能顛覆世界的認知』嗎？像是愛迪生以前就被認為是低能兒。」亞麗莎的嘴角出現一絲笑容，「那個孩子，身上魔力的濃度非比尋常，我已經很久沒有看到魔力這麼濃的人類了。雖然看起來笨笨的，但是只要好好鍛鍊，她以後會是很出色的妖怪獵人。」

亞麗莎對羅嘉綺的評價竟然如此之高！

在我驚訝之時，亞麗莎突然看向我，搖頭道：「真是個無可救藥的濫好人……」

「呃……這和剛剛的話題有什麼關係嗎？」我一頭霧水。

「主人，已經讓女僕七號押著她換裝了，不過她非常抵抗，所以換裝時間可能會久一點。」菈菈的聲音驀地傳來，笑咪咪地望著我們，「對了，有句話說『擇日不如撞日』，既然事情發展至此，可以請家昂大人在轉化成吸血鬼前帶主人出去走一走嗎？她已經有十七天沒有出過門了，在家裡不是打電動、看電視就是打瞌睡、吃零食，已經超過宅女等級了。」

接著她話鋒一轉，「另外請家昂大人在散步途中找間燈光美氣氛佳的汽車旅館，和主人一起『製造』許多可愛的小吸血鬼，替德古拉一族延續血脈吧！

請別擔心，雖然主人看起來還未成年，但是她早在兩百年前就成年了喔，簡單說就是合法蘿莉，可是百年難得一見的稀有品啊！」

為什麼要用推薦拍賣物的口吻向我推薦亞麗莎啊，而且這種言論根本是性騷擾了！我的臉頰瞬間發燙。

「誰要和他生小吸血鬼啊！」亞麗莎叫著，然後整個人從椅子上彈了起來，指著我叫道：「你、你這個禽獸！」

「是，我是禽獸！再多羞辱我一點吧！」我痴痴地看著我的S女王。

「菈菈，妳看這傢伙變不變態！」

「很變態。」菈菈笑著回答。

沒錯，我超變態的！

「菈菈，你看這傢伙噁不噁心！」

「很噁心。」菈菈依然笑著回答。

「那妳還要我和這個又噁心又變態的傢伙出門？我的貞操很可能會被奪走耶，被這個又噁心又變態的傢伙！」

沒錯我又變態又噁心，但是我絕對不會奪走妳的貞操！

「這不足以成為理由，而且對當了兩百年處女的主人來說，貞操這種東西早就超過保值期限了喔！」

「妳在說什麼貞操不貞操的啊！菈菈，這傢伙可是……」亞麗莎紅著臉大叫，似乎想說什麼，被菈菈瞪了一眼後卻臉色慘白地改口：「我現在就去換衣服！」

她迅速跳下沙發，轉身上樓。

……到底誰是主人誰是僕人啊，亞麗莎為什麼會這麼怕菈菈？

現場只剩我跟菈菈。我們兩個大眼瞪小眼，一時間也不知道該說些什麼。

「家昂大人，主人就麻煩您了。」菈菈忽然鞠躬道：「雖然主人現在看起來很正常，但我相信您也有所察覺，這只是故意表現出來的。我很擔心主人，卻無能為力。」

的確，菈菈眼神中透出擔心，這不是僕人擔心主人的眼神，比較像是姐姐擔心妹妹的眼神。

「只有您才有辦法安慰主人，所以，可以請您多來陪陪主人嗎？」

我明白菈菈真正想表達的——亞麗莎所背負的黑暗。我想到了尤羅比斯的叮嚀。

「那，可以請妳告訴我……」

「總有一天，主人會告訴您吧？只要時機成熟的話。」她重新露出笑容，打斷我的話。

「我知道了，我會等到時機成熟的時候。」我也向她微微一鞠躬，「就交給我吧，我會盡我所能地照顧她。」

「那就拜託您了。如果家昂大人不介意，可以四處逛逛，我先去忙了。」

菈菈又鞠躬了一次，接著往廚房的方向離開。

臨走前，她回頭道：「對了，主人的房間就在二樓右手邊第二十三間，如果家昂大人有興趣的話可以去偷窺喔！」

誰會去偷窺啊！

寬敞的大廳裡只剩下我一個人杵在原地，我抓抓頭，四處看了看。

德古拉古堡的樓梯相當華麗，鋪著地毯，約有十階左右，上去是一個平臺，接著向左右延伸，平臺上掛著一幅超大尺寸的油畫。

畫像中有兩個女孩，其中一個是亞麗莎，而另一個女孩——

她有著一頭金髮、棕色的雙瞳，看起來十五、六歲，生得相當漂亮，身上穿著古典的蓬蓬裙洋裝。

她和亞麗莎親密地靠在一起，兩人的面貌卻相差甚遠，不知道究竟是什麼關係，只有她潔白的獠牙昭示了她的吸血鬼身分。

她究竟是誰呢……？

我忍不住走上前，仰望著那幅栩栩如生的畫像。

過了一段時間，我轉個方向上樓，然後往右邊走去。

都已經過這麼久了，她應該換好衣服了……吧？

先聲明，我絕對不是想偷窺，我只是想要確認她到底蘑菇好了沒，絕對不是菈菈說的那樣。

德古拉古堡的走廊長得嚇人，我不難想像它真正的外觀到底有多宏偉。從這頭望向走廊的盡頭，那裡幾乎只剩一個點，中間至少有五、六十間房間，這還只是從這個角度看到的，如果走到盡頭的轉角，大概會有更多房間。

我漫步在鋪著紅地毯的長廊上，一邊看著掛在走廊兩旁的油畫，上頭記錄著德古拉家族的一點一滴，從春季的農活到秋季的收穫、各式各樣的派對，甚至還能在其中幾幅找到亞麗莎的身影。

畫作裡的亞麗莎明顯比較嬌小稚嫩，每次出現，她的手上一定抱著兔子布偶，看來她從以前就喜歡兔子。

看著這些畫作，不難想像以前德古拉家族的日常景象。這是個幸福的家庭。

其中一幅畫作吸引了我的目光。

畫作下方貼的名牌寫著我看不懂的文字，只有作畫時間看得懂，是1793年完成的。畫中是十二名少女，亞麗莎也在其中，其他十一名少女眉眼間都和她有些相似。

是亞麗莎的姐妹嗎？

盯著這畫數十秒，把畫像的模樣牢牢記在腦海後，我繼續往前走，很快到了第二十三間房——我陷入困境。

到底是左邊還是右邊啊？

走廊的兩側都有房間，也有門牌，都寫著我看不懂的文字，所以我也不知道確切是哪個房間。

真是的，菈菈怎麼沒告訴我到底是左邊還右邊？她就這麼希望我不小心闖進去撞見亞麗莎換衣服的畫面嗎？哼哼，我才不會上當！

我決定用最老套的手法，敲門。

我首先輕扣了左邊的房門。

「亞麗莎、亞麗莎，聽到請回答！」我在門外喊道。

等了一陣，裡頭沒有回應，我又敲了幾下：「亞麗莎！」

依然是一片寂靜。

看來答案是右邊！

我轉過身，正要敲門時——

「咿呀……」

後頭突然傳來聲響，回頭一看，方才敲的門緩緩打開。

Chapter 3.

唱歌的人偶與老舊的日記本

我僵硬地看著那道敞開的門，大力吸口氣，轉身走了過去。

「……哈囉……請問有人在嗎？」我小聲問道，但是沒有人回應。

我好奇地探頭進去，裡頭空無一人。

我鬆了口氣，踏進房間，裡面的裝潢相當女孩子氣，貼著可愛的小花壁紙，寬敞的雙人床上鋪著粉紅色的床單，枕頭只有一個，枕頭旁擺滿了各種兔子布偶，其中還有黑白兔。

我想這裡不是亞麗莎的房間，她不在這裡。

……但是這些一定是亞麗莎擺的吧？她居然願意把黑白兔放在這，難道她很喜歡這間房間的主人？是她的姐妹嗎？還是畫像中那個金髮的女孩子？

我又走了幾步，打量房間的其他角落。

陽光透過落地窗灑落在鋪著桃紅地毯的地面上，向外望去，德古拉家的後花園盡現眼前，那一片漂亮的花海瞬間吸引了我的目光。再看過去，灰白色的石碑整齊地立在遠方，有高有低。

是墓園。

我移開視線，房間裡擺著一張書桌，角落有個花瓶，插著我叫不出名字的桃紅色鮮花。這裡應該固定有人打掃，地面和家具都十分乾淨，亞麗莎肯定對這房間的主人有著濃厚的情感。

書桌上還有一本日記，書皮泛黃而且有些殘破，看起來年代十分久遠，但是一樣沒有積灰塵。我上前翻了幾頁，裡頭全是我看不懂的文字，但字母看起來和英文差不多。日記裡有幾個單字反覆出現，看拼法，應該就是亞麗莎的本名。

除此之外，泛黃的紙頁上明顯有被水沾濕的痕跡，一點一點散布在各處，產生海浪般的皺摺。不難想像這些痕跡是怎麼留下來的，也不難想像是誰留下的，我忍不住嘆了口氣，同時更加感到好奇。

但我已經決定要等到亞麗莎願意主動說出口的那一天。

闔上日記本，我轉身離開房間——

「啊啊啊啊——！」我一屁股跌坐在地，有個人正躺在我身後的地板上！

那個人一動不動，定睛一看，我才發現那是具魔法傀儡。它剛好放在床的另一邊，所以我一開始沒注意到。

我走上前，發現傀儡的雙膝壞掉了，可能是因為這樣才會讓它倒在地上。

不過為什麼會放在這裡呢？

我用手指戳了戳它的臉頰，觸感和人類的肌膚沒有兩樣——突然，它緊閉的雙眼睜了開來！

「靠！」我往後退了好幾步。

魔法傀儡轉頭看向我，發出卡卡卡的怪聲，就像是久未上油的機械。

「抱、抱歉，我不知道妳醒著所以就戳了一下……」我小心翼翼地說，接著意識到我剛剛說的話有點變態。

「語、語言確認，中、中文。」它沒有責備我，也沒有像菈菈那樣開黃腔，取而代之的是用著詭異的音調開口說話：「主、主人您好，我、我是魔法傀儡普羅米、米修斯二十一、一號，代號、號女僕十號。」

感覺壞得很厲害啊……說話都變成這個樣子。

「請、請問要聽、聽留言嗎？」魔法傀儡自顧自地道：「了解，播、播放留言。」

下一秒，它開口的聲音變得截然不同。

「亞、亞麗莎。」

不同於方才的機械音，現在是個女孩子的嗓音，但是常常會忽然出現詭異的扭曲音調，八成是它受損的緣故。

「雖、雖然時間有點早，但是沒、沒有時間了——首先，恭喜妳二、二十四歲了。吸血鬼的外表成長是隨機的，而妳的外表停留在十四歲時，但是這沒有關係，因為重要的不是外表，而是妳的內在。

「有些人擁有成熟的外貌，內在卻十分幼稚；有些人看起來年輕，卻擁有過人的智慧。在妳生日這天，我祝福妳能成為後者，努力地充實自己，然後邁向下一年吧！

「在妳二十四歲的這一年，德古拉家發生了很多事，特別是亞麗莎，恭喜妳即將在生日的那天成為新娘。我知道妳還不願意結婚，可是沒辦法，這是德古拉家族的決定，為了兩個家族的繁榮，妳和妳的姐姐們必須嫁給同一個男人。既然木已成舟，那就接受吧，不過萬一發生什麼不幸而成為寡婦，下一次記得去尋找真愛，找一個妳所愛的，且真心愛妳的男人吧。

「時間快要不夠了呢……在最後，讓我送妳一首生日快樂歌吧。Happy birthday to you……」

斷斷續續的歌聲藏著無比的溫柔，如果我是亞麗莎，大概也會不斷懷念這個錄音的人，窩在房間裡聽著錄音，看著聲音主人留下的日記，一邊緬懷過去的美好日子一邊流淚。

「……最、最後，對不起……」

這句突然的道歉讓我忍不住蹙眉，中間停頓了將近三秒的時間，魔法傀儡才吐出接下來的話——

「我、我真的承受不了……我決、決定，殺了……所有族人……然、然後……啊——！」

傀儡陡然發出可怕的尖叫聲，嘴巴一張一闔，最後那雙栩栩如生的唇瓣間流洩出一陣沙沙聲，它再次閉上了眼睛。

這、這是怎麼回事？

這段莫名其妙的錄音讓我完全摸不著頭緒，方才那溫柔聲音的主人居然是殺了亞麗莎全族的凶手？她為什麼要這樣錄下這段留言？還有原來**亞麗莎有未婚夫**？

「磅！」突然的聲響又讓我嚇了一跳，我立刻站起身，發現亞麗莎站在門口，雙手抱胸地看著我。她的神色有些複雜，但並不是不悅。

她已經換完裝，又黑又長的頭髮紮成了馬尾，頸子上戴了一條銀色的骷髏項鍊，她穿著縫有桃紅緞帶和黑色蝴蝶結的黑色哥德風洋裝，完美地襯托出她纖細的腰桿。

「……亞麗莎。」我感到一股罪惡感，有種做了對不起她的事的感覺。

「你聽到那段留言了吧？」她說著走了過來。

「嗯。」我點了點頭，沒有打算隱瞞。

「有什麼感想？」亞麗莎挑起眉毛。

「欸？」意料之外的問題讓我愣了愣。

「對留言的感想啊，豬頭！」

「完全不明所以。為什麼要錄這段留言然後又……」

「……殺了我的族人，對吧？」亞麗莎呵呵笑了幾聲，哀傷地望著一旁的床，似乎正在看著什麼，「果然很難懂對吧，我也不清楚呢……所以我最後做出的唯一結論就是，她瘋了。」

「『她』是指……」我戰戰兢兢地問，很怕一個不小心踩到亞麗莎的地雷。

亞麗莎卻沒有回答，就這樣持續沉默了數十秒。

「走吧，乳牛怪大概也換好衣服了。」她說著便轉身出門。

「等一下！」我連忙喊道。

亞麗莎停下腳步，回頭看著我。

我緊張地嚥了口口水道：「妳不生氣嗎……我隨便闖進來這件事。」

「有什麼好生氣的？」她淡然道。

「……是嗎？」

「我想，藉這個機會讓你了解也好，吸血鬼必須承受的孤獨，不是你想的那麼簡單……會讓人發瘋的。」她的語氣既不憤怒，也非冷淡，真的要形容，大概就是「孤獨者」的語調。

「她……大概就是因為這樣吧，才會突然毀滅了一切。」

因為了解孤獨所以更能訴說孤獨，也因為孤獨而讓語氣不帶任何一點溫度，又因為話語不帶任何一點溫度，更讓人體會到她那份寂寞與孤單。

我握住拳頭，看向地上的傀儡。

那個人……到底存何居心？

「如果理解的話，就別再說什麼變成吸血鬼也無所謂的話了，事情不是你想的那麼簡單。」亞麗莎揚起一抹孤寂的笑容，「你現在還只是半吸血鬼，一切都來得及。總之走吧，拖太久菈菈會生氣。」

「嗯……」

跟著亞麗莎離開房間，在關上門前，我忍不住多看了一眼。

走在前頭那嬌小孤單的背影，讓人不由得感到心疼，我深吸了一口氣——

「亞麗莎，妳可以介紹妳的家人給我嗎？」

「蛤？」

「呃，沒有啦，我只是剛剛看到一幅畫，上面畫的好像是妳和妳的姐妹們。」我努力想要擠出話題來，但似乎有點失敗。

「我幹嘛要介紹我的家人給你啊？莫名其妙。」亞麗莎嘆了一口氣，臉上卻出現一抹笑容，「而且我才不想把我的姐妹介紹給臭蟲認識，如果你把臭味傳到她們身上怎麼辦？」

「嘿、嘿嘿。」我不禁笑了出來。「妳這樣罵我，我會克制不了自己……」

亞麗莎馬上翻了個白眼。

不對不對，這種時候應該要認真！

我連忙清了清喉嚨。

「不然妳可以和我聊一聊妳以前的朋友，或者是戀愛故事！」我認真道。

——或許我真正想問的，是亞麗莎**未婚夫**的事情。

她盯著我，露出一臉不爽的表情。

啊……我這樣叫她回憶過去，根本就是在叫她去想傷心事啊啊！

「對不起。」我充滿歉意地看著她。

她哼了一聲，又白了我一眼。

不對，要趕快換個話題才行！

「呃……亞麗莎……」

「如果你再廢話，小心我扁你。」亞麗莎沒好氣地說，我只好乖乖閉嘴。

我們就這樣沉默了一會兒，沒多久就到了樓梯口，這讓我更加焦急。

「……亞麗莎，我們是朋友嗎？」

亞麗莎停下腳步，回頭看了我一眼，接著嘆了口氣。

「你說是就是，不是就不是。」

這種模稜兩可的答案是怎麼回事啊！

我們走下樓梯，但大廳依然一片空蕩蕩。

羅嘉綺還沒換好衣服嗎？

亞麗莎見到菈菈不在，立刻跳到沙發上，鑽進玩偶堆中，露出滿足的笑容。

「……喂！」我身後突然傳來細小的聲音，回頭一看，是羅嘉綺，她已經換好衣服，害羞地站在我後面。

等等，為、為什麼會是女僕裝！

羅嘉綺身上的女僕裝和菈菈的相同，黑白分明的設計，完美襯托出她傲人的身體曲線，再加上她一副害羞難為情的模樣，足以讓人心跳加速到極點——

好、好可愛！

「這、這個傢伙……」亞麗莎雙眼發直地盯著羅嘉綺，一副深受打擊的模樣，嘴巴張得大大的，整個人還差點摔下沙發。

「為什麼要我穿這種色情的服裝！」羅嘉綺扭扭捏捏地叫著，一邊拉著裙襬，「這個裙子太短了，有點涼涼的……而且胸口好緊……」

「可惡啊啊！」亞麗莎發出尖叫，下一秒整個人掛在椅背上，微微抽動。

我怎麼好像看到靈魂從她的嘴巴裡跑出來了？

「主人，女性的價值並不取決於胸部喔！」這時，菈菈從餐廳走了出來，手還是濕的，應該是剛忙到一個段落。

她站到亞麗莎身邊，笑得相當溫柔，把左手放到胸部下方抓住右手臂，更加顯示出身體線條，雖然不及羅嘉綺，但也相當有料。

「哼哼。」

「嗚噗！」亞麗莎的身體抽動了一下，然後就再也沒有任何動靜。

這是補刀吧！還有這哼哼怎麼感覺嘲諷味滿點！

「喔喔！」同時間，一旁的羅嘉綺大叫著抽出好幾張黃紙，「現在吸血鬼很虛弱！那我就趁機……嗚！」

她帥氣的臺詞才講到一半，就瞬間發出怪聲——亞麗莎緩緩抬起頭，血紅色的雙眼充滿哀怨，如同幽魂般看向羅嘉綺，再加上她的嘴角銜著幾絲頭髮，感覺像是從古井裡爬出來的某個知名女鬼。

有必要為了奇怪的事情抓狂嗎？

「這個乳牛怪……妳這個乳牛怪……！」

「主人，我們可以有無限的牛奶喝了喔！」菈菈笑咪咪地說：「只要我們在後面的庭院養隻牛的話……就好了。」

腹黑女僕啊啊！

不過，觀察菈菈的行為和言詞，實在很難想像她並不屬於妖怪或是人類的其中一方，而是根本沒有靈魂的魔導具。

「喵哈！」一聽到菈菈的提議，亞麗莎瞬間抬起頭，用著相當詭異的眼神盯向羅嘉綺，像是看到老鼠的貓——

「怎、怎麼回事……」羅嘉綺明顯顫抖了一下。

「我決定了，我要收服乳牛怪！」亞麗莎站起來，一腳踏著椅背，一手指著羅嘉綺，高聲道：「妳做好心理準備吧！」

這是哪裡來的神○寶貝大師！

「別、別把我變成吸血鬼啊！」羅嘉綺馬上蹲下，迅速躺在地上，「我、我死了……」

又是這招！

「裝死也沒用！」亞麗莎從沙發上朝羅嘉綺撲去，「乳牛怪啊啊——！」

也太危險了吧！

我眼明手快，連忙把人從半空中攔截。

「喂、喂，別亂動！」亞麗莎在我懷中掙扎，結果一個重心不穩，我和她一起跌到了沙發上。她被我壓在身下，彼此的臉頰幾乎要貼到一起，我還清楚聞到她身上那股甜甜的味道。

嗯……除了無奈我還能說什麼呢？

「你、你在做什麼啦，變態！」亞麗莎的小臉瞬間一片通紅，又開始掙扎起來，但她的雙手卻被我壓住而無法使力。

「蘿莉控現行犯！」羅嘉綺的聲音從身後傳來。

她不是還在裝死嗎！

我連忙起身，卻發現有股力量抵在後方，回頭一看，菈菈正笑咪咪地壓住我的背。

「家昂大人，雖然現在天色還早，但是只要有意願，隨時都能繁殖後代喔！」

「等等，妳怎麼好像說了很難理解的事情？」我的嘴角微微抽動。

「很難理解嗎？家昂大人真是的，裝傻也沒用，根據調查，未成年男生最常說的謊就是『我已年滿十八歲』呢！」

我該怎麼反駁這個腹黑又愛開黃腔的女僕？

「當然，如果不想繁衍後代……」菈菈朝門口做了個「請」的手勢，「那就請快點離開我的視線。家昂大人應該沒忘記我剛剛說的事吧？」

「當然！」我立刻起身立正，突然可以理解為什麼亞麗莎會這麼怕她了。

抖M的半吸血鬼

Masochistic Dhampir

Chapter 4.

蟾蜍精再次來襲！

「真、真的要這樣出門嗎？」羅嘉綺低頭拉著裙襬，一副被欺負到快哭出來的模樣，「沒有其他衣服了嗎？」

雖然她看起來很可憐，但亂玩火把自己衣服燒掉的傢伙，穿上女僕裝根本是活該。何況這套衣服只是性感了點，內褲可不會露出來。

我搖了搖頭道：「沒有其他人能借妳衣服了，妳覺得妳穿得下亞麗莎的衣服嗎？」

菈菈的女僕裝她都快穿不了了，更何況亞麗莎的。

「我瞭解了，家昂大人是在說主人的身材不好，才不能把衣服借她穿，對吧。」一旁的菈菈迸出這句話。

「可以不要一直扯到胸部嗎！」我白了她一眼。

「唉呀，我剛剛有提到胸部嗎？」菈菈咧開嘴。

可、可惡，這傢伙！

「而且，男人最喜歡的不就是胸部嗎，不然『萬乳引力』的法則怎麼來的？」她說著還嘿嘿地笑了起來。

可惡，我居然完全沒辦法反駁……

「你們，不要一直說我的壞話！」亞麗莎狠狠地著我，一副要把我生吞活剝的模樣。

「才沒有！」我立刻轉移話題道：「總之我們快走吧，如果要去附近閒晃的話。」

「林家昂……」亞麗莎的低吼聲傳來，像是有老虎潛伏在後一樣。

我全身僵直，不敢再開口，但就在我期待被罵和做好挨揍的心理準備時，她卻沒有繼續說下去。

我困惑地回身，她哼了一聲撇過頭，鼓起粉嫩的腮幫子。

「家昂大人真是沒用啊，連安撫女人都做不到，你真的是男人嗎？主人，妳就別管那個沒用的傢伙了。」菈菈嘆了口氣，一邊搖頭一邊站到亞麗莎身邊，「對了主人，這次出門，您不能花任何一毛錢喔，不然您就完蛋了。」

「唔！」亞麗莎立刻看向菈菈，不死心地問：「不、不能花任何一毛錢嗎？」

「不能。」菈菈微笑著說。

「不能花錢……沒有兔兒和阿嵐，那我出門有什麼意義！我不要出去了……」她垂下肩膀，一副有氣無力地說。

「不行。」菈菈依然笑著，然後轉頭看我，「家昂大人，這時候您知道應該怎麼做嗎？」

「呃……不知道。」

「唉，家昂大人，你不只是沒用啊……」菈菈長長嘆了一口氣。

「對不起，我超沒用！」我的嘴角上揚，再多罵一點吧！

「嘖嘖，請多思考怎樣能像個男人好嗎？」菈菈沒有追加攻擊，只是微微一鞠躬，說道：「請主人路上小心，希望您玩得開心。」

可惡，這個過分的女人，她一定是故意這樣讓我失望的吧！

「那我走了……一定很快就會回來……」亞麗莎首先走了出去，步伐輕飄飄的像個幽靈，她已經被家裡蹲病毒入侵到骨子裡了。「絕對……！」

「別把自己的臺詞搞得像混世大魔王一樣，就只是出個門而已。」我忍不住吐槽。

「等、等我！」羅嘉綺跟著跑出去，甚至還超過亞麗莎，第一個到門邊。

「那我也走了……唔？」就在我準備離開時，被菈菈一把拉住，二話不說往我手中塞了一張千元紙鈔。

「這是給主人買東西的錢，但是請用你的名義，別告訴主人是我給的。」

菈菈道：「就算家昂大人再怎麼沒用，也知道該怎麼做了吧？」

這是哪裡來的老媽，表面嚴厲但私底下超級寵小孩啊！

「我知道了。」我把錢收進口袋，無奈問道：「幹嘛這麼拐彎抹角，直接把錢給她不就好了？」

「家昂大人，沒用也要有個限度。」菈菈說著翻了個白眼。

這傢伙真的是魔導具嗎？她是偽裝成魔導具的吸血鬼吧！

「那有要幫妳買什麼東西嗎？」我乾脆直接繞開她的話題。

菈菈搖頭，「只要主人開心我就滿足了，但這是金錢買不到的。」

天啊，這樣的女僕哪裡買得到！我要毒舌屬性的！

「那我走囉！」我轉身離開。

「路上小心。」

一走出門，南臺灣特有的熱空氣和味道撲面而來，我馬上感受到自己跨越了將近半個地球，回到了臺灣。

望向夕陽，然後看了眼手表，不知不覺間已是下午五點多。

不過，突然要我帶人出門，我該把人帶去哪裡啊？

我的生活圈只有三個地方，家裡、學校和便利商店，除此之外，我不會參加交際應酬，是個超級標準的御宅族。

「喂，你的外套。」亞麗莎的聲音打斷了我的思緒。

她指著羅嘉綺，羅嘉綺正抱著我的外套，上頭有些灰塵。顯然外套剛剛掉在這裡了，現在才被撿起來。

「對不起，它剛剛被我丟在地上，有點髒了……」羅嘉綺歉然道，「我先帶回家，洗乾淨後再還你？」

呃……她是什麼意思？她已經完全忘記自己是妖怪獵人，和我接觸的目的是要狩獵我嗎？

「不用了。」我連忙把外套拿回來穿上，外套沾滿了羅嘉綺身上的味道，我不禁有些心跳加速。

什、什麼啊，女孩子的味道也太可怕了，只是這樣抱著就可以讓外套變得這麼香……等等，這樣的想法會不會太像痴漢？

我故作鎮定地把眼神挪開，然後又裝模作樣地抬頭看向天空，企圖掩蓋我心中瘋狂的悸動。

「時、時間不早了，我們快走吧！」

「喔……」亞麗莎有氣無力地回應。

我深呼吸了口氣，確定心跳恢復平靜後，重新看向羅嘉綺道：「唔嗯，妳衣服換完了，可以回去了吧？」

「欸？可是天快黑了，而且又穿著這麼羞恥的服裝……」羅嘉綺低頭看著手指，還不時偷瞄我，一副欲言又止的模樣。

「我說這位妖怪獵人小姐……」我汗顏地看著羅嘉綺，忍不住提醒她：「妳是不是忘記妳本來的目的了？」

她困惑地歪頭，想了三秒後微微一愣，接著露出吃驚的神色，大力地搖頭。

「才、才沒有！我是那個、那個，我是來討伐你的！」羅嘉綺說著哈哈哈地乾笑了起來。

身為「獵物」的我，真的不知道該做什麼反應，這傢伙實在是個天兵。

我搔了搔頭髮，「總之，我覺得我們最好保持一段距離，別再見面。」

「嗚……」羅嘉綺難過地盯著我，靈動的大眼逐漸變得濕潤。

我到底該拿她怎麼辦啊？

「……亞麗莎。」我轉頭向亞麗莎求救。

「又不關我的事，人是你帶來的。」亞麗莎雙手抱胸，擺明不想理我，「我們快點在這附近隨便繞一下，回去交差了事吧。我剛剛快要打到魔王關了，想早點回家把裝備強化到頂。」

……第一代德古拉伯爵大概沒想到自己的後代繼承人會這麼沉迷電動吧？

亞麗莎這傢伙一點吸血鬼的樣子都沒有，真是個徹頭徹尾的家裡蹲，如果沒有菈菈，不知道她會變怎樣。

「我知道了。」我嘆口氣，「我們等等先走到便利商店那邊，隨便買點東西就回家。到時羅嘉綺妳要怎樣自己看著辦，那裡很亮，人也很多，不用擔心安全問題。」

「唔……謝謝……」羅嘉綺不安地兩手交握，然後對我露出一個難為情的微笑。

唔，好可愛！

「林家昂！」

我還沒反應過來，右小腿猛然傳來一陣劇痛。

「好痛！」我抱住小腿，回頭看向偷襲我的亞麗莎，她氣呼呼地哼了一聲，轉身就走。

怎麼回事啊！

「喂！」我急忙追上去，但走了幾步後又停下來，回頭道：「妳怎麼了？為什麼不跟上來？」

「唔……」羅嘉綺在後頭可憐兮兮地盯著我，眼角泛起淚光，但她馬上用手把差點滾落的淚水抹掉。

她擠出一個難看的笑容，「沒事，我沒事。雖然你是吸血鬼，但是你……怎麼說……糟糕，不能說，會哭出來……總之沒事……嗯，沒事……謝謝你。」

現在是怎樣，亞麗莎和她都在發什麼神經？有沒有這麼麻煩啊？

我無奈地嘆氣，朝她伸出手。

「你、你又要牽我嗎？」羅嘉綺看起來有點驚慌失措。

「要不然呢？」

「唔……你真的很奸詐……」

「再讓妳這樣拖下去，天就真的要黑了，妳這樣子走在路上很危險吧？會被偷襲喔。」

羅嘉綺畏畏縮縮地伸出手，先是試探似地碰了一下，然後才牽了上來。

我們手心貼手心地緊握住對方的手，她瞄了我一眼，傻笑道：「你的手好溫暖，而且比我的還大耶，嘿嘿。」

她整個人貼了上來，抬頭看向我，紅撲撲的小臉就在距離我不到十公分的地方，我可以清楚聞到她身上的氣味，感受到她的呼吸。

一時間，我說不出任何話，只覺得全身發燙，心跳快得像是要爆炸。

「好朋友。」她說。

「欸？」我一愣。

「真希望我們能夠當好朋友……」

真希望……這代表她不能和我當好朋友，對吧？因為她是妖怪獵人嗎？還是單純是人類和妖怪那段看不見的距離呢？

「喂，你們到底要不要走！」已經離我們有段距離的亞麗莎叫道。

我壓下心中那股悸動的感覺，「我們走吧。」

走了兩步，羅嘉綺卻停在原地動也不動，我回頭，她才笑著跑到前面，拉著我往前走。「走吧！」

「……林家昂，你死定了！」

儘管隔了段距離，我依然能清楚看見亞麗莎眼中透出的殺氣。

她到底在生什麼氣？我們不是已經開始前進了嗎？

亞麗莎瞪了我們一眼，負氣地轉身就走，但走沒幾步，她忽然壓低聲音叫了一聲，「等等。」

又怎麼了？

她和羅嘉綺今天真的有夠難以捉摸，女生都是這樣子的嗎？

然而亞麗莎神色嚴肅，飛快轉身朝我們奔來，大喊道：「回去！」

「有、有妖氣！」羅嘉綺鬆開我的手，迅速掏出黃紙，「而且不只一隻！」

同時間，前方路上出現一批人馬，每個人手持刀棍，站三七步，不管怎麼看都像是流氓集團，擺明是來找我們尋仇的。

就在想轉身之際，我們身後也出現了一群人，他們穿著整齊的套裝，手拿銀白長劍。這似曾相識的打扮、殺氣騰騰的眼神，和一臉的疙瘩，我馬上認出他們是誰。

蟾蜍精！

他們兩批人馬停在約十公尺遠的地方，將我們三人包夾，雖然敵人人數沒有當時殺到他們大本營時那麼多，但也有四、五十人。

「亞麗莎，是他們。」我壓低聲音，緊張地嚥了口口水。

「我知道。」亞麗莎背對著我，頭也不回地說：「放心，今天還不算是滿月，我可以搞定，你不用出手。但是，他們似乎在這裡等很久了呢……」

「難道是跟著我來的？」我的腦袋瞬間閃過那一絲可能性。

「不是你的問題，笨蛋。」亞麗莎道：「對他們來說，你根本是小雜魚，應該是在你來之前他們就知道這裡了，然後埋伏起來等我出門。何況就算真的有人跟蹤你，你身旁那個乳牛怪不可能完全沒察覺。」

「可是……」

「少囉嗦。」她那對血紅色的雙瞳斜眼看向我，「就算真的是跟蹤你來的好了，把你叫來的人也是我，所以你不用自責。」

「替楊光老大報仇！」像流氓的那群蟾蜍精突然大喊，高舉手中刀棍。

「替楊總經理報仇！」像上班族的那群也跟著高舉手中的劍，放聲喊道。

「喂，乳牛獵人，妳應該能保護自己吧？」亞麗莎低聲問：「以東方的派系來說，對方屬水，妳用土或雷應該可以輕鬆搞定。」

「唔……我盡量……」羅嘉綺身子微微打顫，明顯有些不知所措。

「盡最大的努力，妳可以的。」亞麗莎說著做了個鬼臉，「假如連這些小角色都搞不定，妳要怎麼討伐我？」

「是、是！」羅嘉綺柳眉一豎，提起氣勢回答。

這狀況實在有點詭異。

為什麼身為妖怪的亞麗莎會這樣鼓勵一個妖怪獵人？然後妖怪獵人還因為妖怪的鼓勵而振作？有哪個妖怪會鼓勵妖怪獵人去狩獵妖怪……啊，我眼前不就有一個？

我嘆了口氣，嘴角卻忍不住揚起。

管他什麼妖怪和妖怪獵人，都會呼吸、都會哭、都會笑、都會憤怒，難道不是同類就一定要敵對嗎？

明明彼此可以像這樣牽手，甚至是成為戰友，或許哪天彼此擁抱也不會是問題！

「我們要替……」

「有時間在那邊鬼叫，不如快點逃命吧！」亞麗莎完全不等他們喊完口號，一個箭步便衝到流氓群中。

她如出水嬉戲的海豚般向上一躍，在半空中劃了個漂亮的半圓，倒立搭在其中之一蟾蜍精的肩上，接著伸手摸向他的脖子。

喀嚓。

可怕的聲音響起，亞麗莎優雅地擰下蟾蜍精的腦袋，霎時鮮血四濺。

流氓蟾蜍精瞬間大亂，亞麗莎殺得更加順手，沒多久，一片血海自她腳下蔓延開來。

「殺了他們！」一旁的上班族發現情況不對，帶頭的便立刻下令，所有蟾蜍精蜂擁而上。

「五、五雷荒災！」

話音方落，一道雷光從天而降，直接打在其中一人身上，金色雷電迅速向四面八方擴散，倏忽亮起能照亮黑夜的光芒。白光散去後，蟾蜍精全被電流纏住了手腳，蜷縮在地上動彈不得。

放出符咒的羅嘉綺眼角出現淚光，一副快哭出來的模樣，動作明顯有點遲鈍，感覺不怎麼熟練。

她該不會是第一次實戰吧？那怎麼會想來殺亞麗莎，她這樣子不到一秒就會被解決了耶！

「然後，再來是……」她慌亂地看著手中的符咒，像是不知該怎麼挑選。符紙上都是看不懂的鬼畫符，我想幫她也有心無力。

可是再笨拙，相較之下她還是比我有用多了，身為普通人的我沒有任何戰力，更直白一點來說，現在的我就只是個累贅。

「小心！」

一道黑影逼近，我連忙拉了羅嘉綺一把。

黑影狼狽地滾了好幾圈，最終趴在地上一動不動——是其中一隻蟾蜍精，或許是羅嘉綺雷電的威力不足，他才能在最後一刻撲上來。

「謝、謝謝……」羅嘉綺靠在我的懷中，可愛的臉蛋微微泛紅。

「呃，不客氣。」她惹人憐愛的模樣讓我也跟著結巴起來，連忙把人扶好。

「喂，我在這裡打架，你們在幹什麼啊！」亞麗莎的吼聲傳來，「別在那裡發情，渾蛋！」

我循聲望了過去，她所站之處屍體遍野，鮮血滿地都是，恐怕連戰場都沒有這麼血腥。流氓蟾蜍精已經全被解決掉了，亞麗莎站在正中央，那對血紅的雙瞳瞪著我。

她背對著夕陽，橘紅色的光打在身上，分不清那是沾染到的鮮血，又或者是淒豔的餘暉。

街燈恰好在此時亮起，閃爍了一會兒，那雙如紅寶石般的眼瞳映著忽明忽暗的光線，彷彿是自己發出的光芒。她妖魅的形象恍如嗜血妖魔，若不是因為我知道她是誰，我恐怕早已嚇得尖叫逃命。

亞麗莎抹掉臉頰上的血跡，輕輕一踏，腳下登時亮起一片血紅色法陣。法陣迅速擴大到我腳下，緩緩以順時鐘轉圈，接著血跡和屍體逐漸沉到地面下，被法陣吸收。

「千、千祖……」羅嘉綺看著眼前的景象，神色震驚。

「千祖？」我歪頭看她。

「就是殭屍之王，或是很高等的妖怪。」她的臉上出現敬畏之色，「我們真的有能力討伐她嗎……」

「我們？」

「唔！」羅嘉綺一顫，蹙眉看著我，「這、這個，我不能說……」

出乎意料地，她不是試著隱瞞，而是直接承認不能說。

比起稍早之前，她老是想找各種蹩腳的理由和藉口蒙混過去，現在坦白的態度不禁讓我有種微妙的感覺。

即便都是不能透露，但這兩種做法背後隱含的意義有著決定性的不同。

我嘆了口氣，一手按上她腦袋，向她一笑，「那就別說吧。」

「唔……」羅嘉綺垂下頭，反抓住我的手，她柔軟的手掌不知為何有些冰冷。

「喂！」亞麗莎突然大叫，我嚇得馬上離開羅嘉綺一步。

等等，這種反應怎麼像是我偷吃一樣？

「不是叫你，不過你也死定了，花心大蘿蔔！」亞麗莎瞪著我，正確地說是瞪著我的後方低吼，「李星羅，你在這裡做什麼！」

李星羅？

我連忙回頭，李星羅正站在我們身後，手上拿著一張黃色的符紙。他嘿嘿笑了起來，臉色瞬間一變——黃紙唰地燃起了火焰！

「火炎連陣……不、不行！」羅嘉綺驚叫一聲，急忙想衝上前阻止。

李星羅隨手一扔，符紙落到了蟾蜍精身上，剎那間，火焰如同方才的雷電般迅速蔓延，速度比羅嘉綺的法術快上至少一倍。

蟾蜍精沒有哀嚎，反而緩緩站起身來活動筋骨，火焰也隨之消逝。

「不錯嘛，不只會五雷，還知道火炎，不愧是**羅家未來的掌門人**。」李星羅嘿嘿笑著拿出白色符紙，「妳有辦法破解接下來的法術嗎？」

「這、這個是……不妙、不妙！」羅嘉綺馬上掏出黃紙，但她手忙腳亂的，看起來根本沒辦法應付眼前的狀況。

知道大事不妙，我連忙回頭求援，「亞麗莎！」

「早就在準備了啦！」亞麗莎舉起手，手中出現一把完全由黑色氣息構成的長劍，三道鮮紅魔法陣繞著劍身旋轉。

她把長劍一扔，高聲道：「闇影之牙！」

黑色長劍頓時轉向，劍尖直指李星羅，如同子彈般飛射而去！

大難臨頭，李星羅卻輕鬆地發出了招牌笑聲，緩緩扔出手中白紙。白紙在半空中化成一縷白霧，眨眼間罩住蟾蜍精們。

鏘！

長劍和霧牆相撞，黑白相交，發出了刺耳的金屬交擊聲，黑劍被彈飛出去，還原成黑色氣息消散於空中。

「居然把千祖的力量抵銷了……」羅嘉綺吃驚地看著眼前的景象，連手中的黃紙掉了都沒發現，「他的『薄水之紗』好強，我完全……不是對手……」

不，不是李星羅的法術太強，而是因為亞麗莎——

我轉頭看向亞麗莎，見她喘著氣，滿頭大汗，臉頰微微泛白。

久未吸血加上遇到滿月，這樣高強度的戰鬥持續下來，難怪亞麗莎會疲憊到魔法威力大減。

李星羅的笑聲迴盪，白霧漸漸散去，最終只剩下他佝僂的身影。那張難看的臉掛著難看的笑容，蟾蜍精們則是像是變魔術一樣消失得無影無蹤。

「複合方術嗎……」羅嘉綺似乎看出了什麼端倪。

「喔喔，小姑娘挺不錯的。」李星羅嘿嘿笑著看著羅嘉綺，「雖然這麼年輕，卻有辦法認出我的手法，還能使用大型方術，妳的情報以後一定會很值錢啊！」

我站到羅嘉綺前方，將她護到身後，「李星羅，你為什麼會出現在這裡？應該不是湊巧路過吧。」

「嘖嘖，小兄弟，你移情別戀了啊？」他嘴角微揚，露出泛黃又發黑的獠牙，「你不是保護吸血鬼的騎士嗎，現在也開始兼職妖怪獵人的保鏢了？」

「哪、哪有！」我的臉頰一熱，連忙往前站了一步，衣角卻被人扯住了。回頭一看，羅嘉綺正揪著我的衣角，一手揪住自己的衣襟，惶惶不安地望著我。

「你什麼時候產生了我需要別人保護的錯覺？」亞麗莎站到我身邊，雙手抱胸，冷哼一聲，「都什麼時候了還在這裡打情罵俏……賤人。」

「對不起，我犯賤，請繼續罵我！」明明在這樣緊張的時刻，我的嘴角依然克制不住地高揚，發出了愉悅的低吟。

「你真的是什麼時候都很噁心，噁心鬼！」亞麗莎白我一眼，然後瞪向李星羅，「所以你的目的到底是什麼？應該不只是大費周章地把人帶走而已吧。」

的確，像是上一次他就一口氣做了我們、蟾蜍精和妖怪會的生意，甚至還利用當時偷拍的照片賺外快，真是十足的奸商。

「不愧是我長久的客戶，德古拉大人，我是來跟你們做生意的。」李星羅攤開雙手，那模樣和笑容真像個吃人不吐骨頭的壞心商人。

「什麼意思？」亞麗莎瞇起眼，眼神中充滿警戒。

「其實也沒什麼，就只是想提供個小小的情報而已。」李星羅說著用食指和大拇指圍起了一個圈。

「不需要，沒錢，滾。」亞麗莎簡潔地吐出這三個詞。

「是免費的喔——」李星羅的回答讓我們驚訝得下巴都快掉了。

太可疑了……

「李星羅，你今天吃錯藥了？還是你那個腦袋已經爛到一點都不剩了？」

亞麗莎明顯不相信他，「又或者，你已經黑心到把餿水當成珍貴情報的境界了？」

「真是的，妳這樣講我可是會受傷的啊，德古拉大人。」雖然這麼說，但我看不出來他有任何一點難過。「我的東西之所以免費，是因為往後能替我帶來更大的利益，這只是種投資。」

「不好意思，我們不需要，別這樣強迫推銷，你這個垃圾商人。」亞麗莎嘖了一聲，「你這種怪人給的東西，不管怎麼想都有問題。」

沒錯，路邊怪叔叔給的東西千萬不能拿，亞麗莎做得好！

「真是的，你們對我的評價也太低了吧？」李星羅兩手一攤，嘿嘿笑著，對我們給他的評價不痛不癢。「那我就當一下好人……你們啊，最好離那個炸彈遠點。」

他揚起嘴角，腐敗乾癟的手指指向我——正確地說，指著我身後的羅嘉綺。

我和亞麗莎不約而同地回頭，但羅嘉綺卻一臉疑惑地反看我們，顯然還搞不清楚狀況。

羅嘉綺愣了幾秒，然後一臉驚慌地叫了起來：「……欸？我？」

她拚命搖頭，委屈道：「我、我身上才沒有炸彈，我又不是自殺炸彈客！還、還是這裡有炸彈？這裡會爆炸嗎？」

呃……的確是炸彈，只是爆炸後散播的不是火焰而是笨蛋病毒。

「她的身上沒有被施展奇怪的魔法。」亞麗莎上下打量了羅嘉綺一番，做出了結論。

她重新看向李星羅，「所以，你是什麼意思？」

「她身上的確沒有被施展法術，只不過她是來當誘餌的，隨時都會反咬你們一口喔。這樣的傢伙，不是炸彈是什麼呢？」李星羅嘿嘿笑了兩聲，看向羅嘉綺道，「妳的工作就是引德古拉出巢，對吧，小姑娘？」

「唔！」羅嘉綺心虛地撇過頭，不敢與我們對視。

「他們企圖用笨笨的她和充滿魔力的鮮血將妳引誘出來，讓妳以為她是到嘴邊的肥肉……可惜，他們完全錯估了一件事。」李星羅說著，眼睛發出詭異的黃光，「妳說是吧？**不吸人血的吸血鬼**，亞麗莎·德古拉大人。」

抖M的半吸血鬼

Masochistic Dhampir

Chapter 5.

吸血鬼大人要小心別殺了妖怪獵人

「不吸人血的吸血鬼？」羅嘉綺的臉上出現一絲困惑，「這是什麼意思？」

「亞麗莎已經有很長一段時間沒有吸人血了，只有上次……嗚哇啊啊！」

我的話才說到一半，腳就被狠狠踩了一下。

亞麗莎滿臉通紅地瞪著我，齜牙咧嘴的模樣顯然是不准我再說下去。

我痛到眼角出淚，抱著腳邊跳邊說：「總、總之就是這樣，所以亞麗莎現在的力量變弱很多。」

好、好痛……這傢伙，下手都不會輕一點嗎！

「這樣子還算是吸血鬼？」羅嘉綺自顧自地問，露出苦惱的神情，「不吸血的吸血鬼……」

「誰知道，也沒聽過哪個吸血鬼是家裡蹲的！」我趁機反擊，向亞麗莎做了個鬼臉。

「林、家、昂，你真的很想死吧？你真的超想死的，對吧！」亞麗莎惡狠狠地瞪著我，語氣中帶著無限的殺意，讓人不寒而慄。

她冷哼一聲，雙手抱胸看向羅嘉綺道：「從生物的分類上來看，我是吸血鬼。吸血鬼就算不吸血，吃人類的食物也能存活，只是因此得不到魔力……簡單說，我們吸血的目的是為了獲得魔力，而不是吃飯。」

要是這樣子繼續下去，一直不吸血的亞麗莎，會不會變得越來越像人類呢？擁有無限壽命的人類……

「可、可是！可是！」羅嘉綺大力搖頭，苦惱地說：「德古拉伯爵的生活，難道不是早餐吃人肉香腸配荷包蛋，午餐吃人肉漢堡，下午茶喝著人血搭配餅乾看夕陽，晚餐則吃人肉肉排，就這樣過一天嗎？怎麼會是吃人類的食物！」

「妳所說的是哪個時代的神話啊……」亞麗莎嘴角抽動，「比起我們，妳的想法更像惡魔吧？我們德古拉一族從來沒有做過那種事！絕對……啊……」

亞麗莎的話突然打住，像是想到什麼似地把眼神挪開。

妳這樣的反應很明顯是有吧？過去真的有人這樣做吧！

「可是任務說明就是這樣介紹德古拉的……」羅嘉綺不解地歪著頭。

「那種東西都是騙人的，可以丟了，呵呵。」亞麗莎說著把臉移開，越看越可疑。

「而且、而且越相處就越覺得……」羅嘉綺偷偷看了我一眼，「為什麼你們……沒有說明上的那麼恐怖？連妖怪商人都說沒吸血了，應該錯不了……還有為什麼……」

她咬住下唇，水汪汪的雙眼眨呀眨地盯著我，似乎在想些什麼事情。

「那只是人類的自以為是而已。」亞麗莎替她做出結論，「人類本來就是自以為是的種族。」

我看向她。

「我有說錯嗎，笨蛋？」注意到我的眼神，她改用攻擊性十足的語氣說：「自己的想法就是善，自己的存在就是正義。不止其他物種，甚至只要妨礙到自己，就算對方是人類也會想盡辦法除掉對方，不論對方是親人還是朋友。

「吸血鬼不同家族間多多少少會有衝突，但至少我們不會對自己的親人和朋友下手，而且我們從不自稱為正義，只有人類，真是個既愚蠢又偽善的種族。」

……她是又想起什麼事情了嗎？

我想起她那番人類比較可怕的發言，再加上這次妖怪獵人的事情，不難看出亞麗莎其實不喜歡人類，但為什麼她會願意和我接觸？為什麼會願意和羅嘉綺接觸？這讓我更加不懂她到底在想什麼。

「可、可是我們……」身為「正義人類的代表」，羅嘉綺似乎想要反駁，但她支支吾吾了老半天，最後什麼都沒說出來，反而哈哈哈地傻笑起來。

亞麗莎哼了一聲，微微抬起下巴。

「妖怪獵人這副德性可不行啊，小姑娘，這時妳應該大聲地說『異議あり』才對。」

這傢伙，是玩遊戲玩到腦子進水了嗎？

「一、一一阿里？」羅嘉綺不解地複誦了一遍。

「喀喀喀，**羅家巫女**啊，妳這樣子真的很糟糕喔！」

「唔！」羅嘉綺的臉色瞬間變得慘白。

羅家巫女？哪來的新角色啊？

「羅家的希望、未來的掌門人怎麼可以這麼輕易就被妖怪的理論打敗呢？」

李星羅嘿嘿嘿地怪笑起來，像是在嘲笑羅嘉綺，又像是在嘲笑亞麗莎。

「我才不是什麼希望……」羅嘉綺苦笑了幾聲，「不、不過為什麼你會知道我的身分？我的身分應該是羅家人才會知道……啊！」

她叫了一聲，同時臉色瞬間刷白。

李星羅默默從身後抽出一個長約五十公分的長筒，我看不出那是什麼，但羅嘉綺似乎認了出來。

「為什麼……為什麼**這個東西**會在你手上？」

「噢，聰明的妖怪獵人、全能的羅家巫女啊——」李星羅以十足誇張的語調和肢體動作開口，諷刺意味濃厚。他咧嘴朝羅嘉綺一笑，「妳覺得是為什麼呢？妳明明就很清楚不是嗎，妳一定知道的。」

「該不會，大哥說抵債的方式就是……」羅嘉綺像是想到了什麼，瞪大眼盯著李星羅，用顫抖的語調說道。

李星羅嘿嘿笑著，沒有回應。

沉默在他們之間瀰漫，羅嘉綺臉色越來越難看，最後放棄似地說：「大哥繳不出情報費，所以把那個當成抵押品……大哥，背叛了羅家嗎？」

雖然這是個疑問，但她的語氣卻充滿肯定。

「妳說呢？」李星羅嘿嘿地笑了起來，他掏出一張抵押的收據，上頭除了李星羅的印章外，還有歪歪醜醜的「羅嘉龍」三個大字。

他拿著收據在羅嘉綺面前挑釁地晃了晃。

「好險你們有這樣東西，不然根本買不到什麼有用的情報啊。」

「為什麼！大哥為什麼會用這麼重要的東西當抵押品！」羅嘉綺大聲質問

眼前的殭屍，「一定是你施了什麼妖術吧？對不對！」

「妳明明就知道為什麼，就別逃避答案了吧。」李星羅咧開嘴，笑得狡猾又惡毒。

「喂，你們在演什麼三流肥皂劇？」亞麗莎揚眉，困惑又警戒地看著李星羅手中的長筒，「那是什麼？雷管炸彈，還是魔法武器？還有那個乳牛怪是什麼羅家巫女？那是新的連鎖餐廳的名字嗎？還有你還沒說清楚乳牛怪炸彈是怎麼回事！」

「吸血鬼大人的問題有點多啊，有必要這麼緊張嗎？再問下去我就要收費了。」李星羅調侃道。

亞麗莎賞他一個白眼。

李星羅摀著胸口，裝模作樣道：「別這樣對我啊，我可是很纖細的喔！妳害得我在羅馬的分身痛哭失聲呢！」

不，這關羅馬的分身什麼事？

李星羅小心翼翼地打開長筒，從中取出一樣物品，是個卷軸。他將畫軸展開，羅嘉綺立刻叫出聲來。

「果然！」

卷軸完全打開後，一張用水墨畫成的女子畫像呈現在眼前。

女子穿著古裝，端坐在木椅上，右下角的畫家署名因為年代久遠，已變得模糊不清。

雖然不明白這到底是什麼東西，但是看李星羅如此寶貝，想必是有一定程度的貴重性。

「我想想，該從哪裡說起呢？」李星羅嘿嘿笑著道：「臺灣的妖怪獵人一共有三大家，武術和法術並用的孔家武法流、結合科學和道術的端木家科術流，和一心鑽研古代茅山術的羅家古道流。」

「梅子綠茶？」亞麗莎的雙眼瞬間一亮。

……這是在幫人家打廣告嗎？

同時間我注意到羅嘉綺的臉色蒼白得不像活人，李星羅手上的東西到底是什麼，會讓她變成這樣？

「理解就好。」李星羅滿意地點了點頭，又接著說：「那邊那個小姑娘，不用說，看她的姓氏也知道她是來自梅子綠茶流的。這個梅子綠茶流呢，根據可靠情報表示，他們一直在研究一種傳說中的術……」

說到這裡，李星羅故意裝神祕地停頓了一下，露出一抹不懷好意的笑容。

他把畫卷翻了過來，背面寫滿了密密麻麻的小字——

「這個術能讓死人重生，名為**輪迴轉生**。」李星羅壓低聲音說道。

「蛤？」亞麗莎先是愣了一下，接著用如同看笨蛋的眼神看向李星羅，「人類就算了，你居然也會開這種白痴玩笑？死而復生這種事，雖然從以前就一直有人想嘗試，但還是第一次真的有人寫出術式來……不過不管怎麼寫，都是不可能成功的事。」

喔喔，不愧是活了兩百年的吸血鬼，經驗值就是不一樣。

亞麗莎突然狠狠瞪了我一眼，我頓時打了個激靈。

好棒的眼神啊啊！

「你這個垃圾，總覺得你在想很對不起我的事情！」

「嗚嘿……嗚哇——！」

我的嘴角一上揚，就被狠狠地踩了一腳，厚底的羅馬鞋踩得我有種趾骨粉碎的錯覺。

「心電感應啊，兩位！你們好閃，閃到我這個殭屍都快成灰了！」李星羅說著掏出了不知從哪裡來的墨鏡戴上。

亞麗莎咬著牙，更加凶狠地瞪我。

「不過吸血鬼大人說得沒錯，只要在這世上活得夠久，見過夠多生和死，自然會明白死而復生只是無稽之談。」李星羅諷刺味十足地哼笑了幾聲。

「才不是這樣……」羅嘉綺試著反駁，然而那無力的語氣根本駁不倒任何人。

「那就舉一個成功的例子啊，羅家巫女！」李星羅的表情瞬間變得扭曲，腐爛的醜臉看起來更加猙獰可怕，語氣也十足咄咄逼人，和先前的樣子完全不同。

「古人云：『生死由命，富貴在天。』當性命已了時，就別再妄想什麼死而復生了——」李星羅清了清喉嚨，重新擺出那張漫不經心的臉，「所以呢，這個法術根本是無稽之談。還有小兄弟，我都已經說清楚了，你就別再擺出那種臉了。」

「欸？」他突然的點名讓我有些搞不清楚狀況。

「你該不會還認為小姑娘是利用輪迴轉生復活的羅家巫女吧？」李星羅的矛頭莫名指向我，「這個世上沒有那麼多背負著特別命運的傢伙，你身旁的吸血鬼已經很稀有了，如果還能碰到第二個，那你應該認真考慮去買樂透。我剛剛說了，輪迴轉生，只是人類的一廂情願而已。」

我看著李星羅，沒有回應他的話。

他真的怪怪的。不過，為什麼既然都對這個術這麼清楚了，他還是繼續稱呼羅嘉綺為羅家巫女呢？

「居然妄想藉著這種莫名其妙的東西讓羅家最強的巫女輪迴轉生，甚至對懷有身孕的孕婦作法，真是笑死人了。」李星羅的眼神充滿輕視之意，「這種東拼西湊、東缺西落的東西，能搞什麼輪迴轉生？就算僥倖誕生出什麼，那樣的東西還是不是人類？

「總而言之，小姑娘只是剛好天賦異稟的『普通的妖怪獵人』而已，那群走火入魔的笨蛋一廂情願地稱她為『羅家巫女』，大概是我這幾年聽過最好笑的笑話了。」

……照他的說法，羅嘉綺生下來前，羅家人曾經對她媽媽作法？那詭異畫面會是什麼樣子，我連想都不敢想像。

「這東西最大的價值在於這幅畫。」李星羅把畫翻回正面，「雖然背面被人寫滿了垃圾，但是這幅畫還是不錯的，它可是蘇軾的真跡。」

我瞬間石化了。

蘇軾？蘇東坡？

「喂，那是誰？」亞麗莎少見地向我提問。

我一時間不知道該怎麼反應，嘴巴不由自主地張大，半句話都說不出來。

「喂，不要擺白痴臉，快告訴我那是誰！」

「就、就、就是蘇東坡啊！」一時間我也不知道該怎麼介紹蘇軾這個人，「妳知道東坡肉嗎？據說那道菜就是他發明的。」

對不起，我只想得到這樣的介紹……

「喔喔，東坡肉！」亞麗莎恍然大悟地點點頭，「以前在中國吃過，很好吃。」

她微微咧開嘴，疑似口水的液體正在嘴角邊，彷彿隨時會流出來。

「聽到這種介紹法，你的國文老師大概會上吊吧？」李星羅嘿嘿笑著調侃。

他手指一彈，一個黑洞憑空出現，從中伸出乾枯細瘦的手臂，他把畫卷交到那隻手上，畫卷瞬間被抽走，黑洞跟著迅速消失。

「女巫大人！」羅嘉綺驚叫著衝向李星羅。

我一把拉住她，一道閃電接著打在我們和李星羅之間，照亮了奸商殭屍不懷好意的笑容。

羅嘉綺不停掙扎，拚命扳開我的手。

「放、放開我！女巫大人！那個是羅家的珍寶啊！」

「冷靜點，黑洞已經消失了，何況妳打得贏李星羅嗎！」

「嗚嗚……女巫大人……」羅嘉綺垂下了手，一副快哭出來的樣子。

「喂，李星羅，你剛剛不會是想殺了她吧？」我忍不住質問道。剛剛那道閃電在地面上打出一個洞，威力非同小可。

「嘖嘖，我只是想考考她會怎樣應付我的突擊喔！畢竟面對的是羅家的高手，很難克制不動真本事啊。」李星羅嘿嘿地笑了笑，「小兄弟，你還真愛多管閒事啊！」

「真對不起，我就是愛管閒事，別以為我這麼好騙，你根本不是想考考她，是想烤焦她吧！」

「咯咯。」他瞇著眼睛笑了笑，沒再就這點做反駁。

「小姑娘啊，請搞清楚，現在那個畫卷已經不屬於羅家，而是我——的東西了！當然妳想要也可以，只要有錢，我沒有不能賣的東西。」李星羅露出泛黃的獠牙，那模樣光是看著就令人感到火大。

「李星羅，你沒必要這樣子吧？」我不爽道。

「小兄弟你想保護她嗎？她可是你們的敵人喔！我說過了，她可是誘餌呢。」他發出惹人厭的笑聲，不忘挑撥離間，「她接近你的目的，可是要殺了你，你應該對她生氣才對吧？怎麼反而把矛頭指向我呢？」

「她的接近別有目的這種事誰都看得出來好嗎，哪有人會連續三天演那種白痴的愛情喜劇，不分青紅皂白地咬著吐司往別人身上撲，不用想也知道有鬼！」我嘆口氣，嘴角微微上揚，「不過，這也沒什麼好生氣的吧？天真到這種地步，還不小心把自己衣服燒掉……我完全不覺得她是故意的。一點心機都沒有的傢伙，沒有理由對她生氣。」

「欸……欸？原、原來早就被發現了嗎？」羅嘉綺驚訝地大叫，眼眶裡居然漾起了水氣，「結果、結果我什麼都沒做好……也沒有保護好羅家巫女圖……」

她可憐兮兮的模樣不禁讓我升起一股想保護她的念頭，但是我連該說些什麼安慰她才好都不知道，畢竟戳破她謊言的人就是我。

「就算你原諒她意圖不軌地接近你這點好了，那她害你們被攻擊這點呢？」李星羅說著，又嘿嘿笑了起來。

「那個怎麼想都是你搞的鬼吧？」我的嘴角微微抽動，「把我們可能出現的時間、地點賣給蟾蜍精的人不就是你嗎？這不是羅嘉綺能搞定的事，只有你才有辦法。」

「喔喔，小兄弟，你很了解我的行事作風嘛！特地跑來一趟，只做一筆生意豈不是太划不來了？」李星羅笑了幾聲，接著雙眼一瞇，「不過，我說的**被攻擊**，並不是過去式喔……」

等等，的確從剛剛開始李星羅就沒有提到蟾蜍精的事，從頭到尾都是在說——

「林家昂！」

亞麗莎的呼喚瞬間打斷我的思緒，三顆火球從李星羅背後竄出，迅速向我筆直飛來，火球的速度和大小與我之前看到的簡直天差地遠！

糟糕，躲不掉！

下一瞬間，一道水流從我左後方衝了出來，立刻將火球抵銷，熱騰騰的蒸氣撲面而來，我身上的水珠不知道是被蒸出來的還是因為緊張而流出的汗水。

是羅嘉綺！

不過，為什麼她會……身為妖怪獵人的她，根本沒必要救我吧？

「妳……」我轉頭看她。

「奇怪，為什麼呢？」羅嘉綺也一臉不可思議地看著手中的符紙，含著淚水的眼睛轉而盯著我，「為、為什麼呢……」

「呃，我也不知道為什麼。」

最該知道為什麼的應該是她自己才對，可她臉上寫滿了迷惘。

我嘆一口氣，微微笑道：「總之，謝謝妳。」

「唔！」羅嘉綺的身體像是觸電般猛地一顫。

……我說了什麼奇怪的話嗎？

羅嘉綺凝視著我，神情認真到我忍不住把視線移開。片刻後，她忽然笑出聲來，夾雜著苦澀與喜悅的笑容出現在臉上。

「原來，是這樣啊。」

「呃……所以是哪樣啊？」雖然她似乎找到了答案，但這讓我更加不明白了。

「羅嘉綺！妳這個渾蛋……才不見一下子而已，居然開始幫助妖怪！」

一道男性聲音傳來，語氣憤怒，「妳在搞什麼，剛才差點就可以解決一隻吸血鬼！」

兩道人影從李星羅身後出現，一男一女，剛剛咆哮的那個青年看起來和我年紀差不多，應該就是羅嘉龍。

他有著一張略有稜角的臉，梳著中分頭，戴著金邊眼鏡，他穿著整齊的白襯衫搭配西裝褲和皮鞋，身材壯碩，應該比我高上一點。

同時間李星羅露出一抹怪笑，我有種上當的感覺——他剛剛會廢話那麼多，八成是在拖時間。

一道玻璃門憑空出現，我認得它，那就是通往李星羅商店的大門！他默默退進門後，直到門關閉前還很欠打地向我揮手。

「你這個羅家的背叛者！」羅嘉龍指著羅嘉綺咆哮，臉上浮現一抹冷笑和猙獰，就像是個愛告狀的小朋友抓到其他人做壞事。

羅嘉綺嬌小的身軀微微顫抖，她的臉上浮現一絲恐懼、一絲不安、一絲不甘，其餘的滿滿都是——

憤怒。

「大哥你才是……為什麼把羅家巫女圖當掉了！」羅嘉綺舉起顫抖的手，指著羅嘉龍叫：「那明明是很重要的東西，你怎麼可以拿它當抵押品！偏偏還是交到那個妖怪商人手上，東西一定很快就會被轉手賣掉了！」

被這麼一吼，羅嘉龍錯愕了一會，似乎從沒料到羅嘉綺敢這樣對他大吼。

「妳、妳在說什麼，什麼、什麼羅家的背叛者！妳別亂說話！」他頓時亂了手腳，不斷向一旁的女生使眼色討救兵。

「羅家早就不需要那種東西了。」女生及時開口，「時代在改變，羅家也需要改變，早該丟掉那種過時的巫女，迎向新的未來！羅嘉綺妳別想轉移話題，妳為什麼要幫助吸血鬼！」

這只是詭辯，但她巧妙地把話題轉回羅嘉綺身上。

這女人看起來和我差不多大，飄逸的棕色長髮、精緻的五官、姣好的身材，還有一對修長的腿，是個標準的美女，但是她散發的氛圍讓我沒辦法產生任何好感。

而且，眼前的兩人讓我感到煩躁，他們一直讓我想起家裡的事情。

「說不出話了嗎？那就別妨礙我們！」她像在趕蒼蠅似地擺了擺手，接著看向我和亞麗莎，「你們就是德古拉和她的隨從是吧？雖然和你們無冤無仇，

但妖怪就是妖怪，請你們去死吧！」她大喝一聲，手中驀地變出一張紅色符紙，

「嘉龍！」

同時，羅嘉龍也召喚出火焰，但是火焰的目標卻不是我們，而是那女生手中的符紙。紅符遇火及燃，橙黃的火焰瞬間變成妖異的豔紅色，接著纏繞上她的雙手，但奇妙的是並未造成任何傷害。

「天香姐是孔家武法流的人！」羅嘉綺見狀立刻叫道：「她很強，你們快跑！」

「羅嘉綺，閉嘴！」女生，孔天香擺出格鬥的架式，緊接著便消失在原地。

不，不是消失了，雖然穿著高跟鞋，她的動作卻快得我幾乎看不見！

下一刻，孔天香出現在亞麗莎身後，猙獰地舉起雙拳，但亞麗莎卻似乎什麼都還沒發現。

我焦急地大吼：「亞麗莎，小心！」

「蛤？」亞麗莎揚起一邊的眉毛。

「得手了！」燃著火焰的拳頭猛地揮下——

「噹！」

一柄血紅色的巨大鐮刀眨眼間出現在兩人之間，孔天香的拳頭打在鐮刀的刀背上，亞麗莎輕鬆地擋下了攻擊。紅色的鐮刀和她的雙瞳相映，夕陽餘暉讓血紅色看起來更加妖異。

「小心什麼呢？」亞麗莎咧開嘴，完全不把剛剛的攻擊放在眼裡，「那是把風系……東方人是說木系吧？把木系魔法纏繞在腿上的加速法術吧？十分不純熟呢，動作比烏龜還慢。

「奇怪，明明是人，為什麼要學四隻腳的動物呢？想學就算了，卻學都學不好，真是可悲。啊啊，我知道了，你們是披著人皮的不知名低等生物對吧？難怪學習能力這麼差。」

「妳、妳這傢伙！」孔天香臉上的得意瞬間消失，立刻拉開距離，一臉警戒地擺出架式。

亞麗莎嗤笑一聲，連看都不看她一眼。應該說，在她眼中，這兩人的存在根本可有可無。

「原來如此，你們是畜牲吧？因為是畜牲，才會這樣全身上下都是畜牲的臭味。」亞麗莎裝模作樣地捏住鼻子，咧開嘴說：「說出這種畜牲般的話。」

奇怪，今天的亞麗莎戰力怎麼這麼猛？好想被她罵啊啊！

「妳這個該死的吸血鬼，居然敢這樣汙辱天香！」羅嘉龍怒吼，揚手扔出無數張符咒。

符咒在半空中化成火焰，彼此結合，轉眼間化成一匹巨狼。巨狼雙腿一落地即如脫弦之箭，飛速朝亞麗莎奔去，張開長滿紅色利牙的大口——

亞麗莎冷冷一笑。

「不過只是『狼』，居然也敢出來丟人現眼？」她腳下出現一圈小小的魔法陣，無數血色荊棘從中竄出，轉眼間把巨狼刺穿。

火狼嗷嗷叫了幾聲，掙扎了幾下便化成火星散了一地，回歸於虛無。

羅嘉龍臉色刷地發白，一臉不可思議地看著亞麗莎。

「連『龍』都不是我的對手了，更何況是區區的狼？不要以為我拿李星羅沒辦法，你們這些畜牲就能和我平起平坐。」亞麗莎藐視地睨了他一眼。

「龍和狼？」我不解。

「是指咒術動物的等級，由低到高分別是狗、狼、虎和龍……」羅嘉綺小聲道。

原來如此，是等級。那他們的等級似乎不高？亞麗莎大概是以前也有碰過才會知道吧？

「妳也會招咒術動物嗎？」

「嗯。」羅嘉綺點點頭，拿出符紙扔了出去。

我有點期待，她既然被稱呼為羅家巫女，那她的等級應該是……

符紙落地的瞬間幻化成一紅一藍兩隻小臘腸狗，小狗興奮地在她的腳邊繞圈圈，汪汪叫著東聞聞西嗅嗅。

看到這幅景象，我完全不知道該做什麼反應。

兩隻小傢伙大概是聞夠了羅嘉綺，開心地跑到我腳邊，抬頭看著我搖尾巴。

「妳、妳不是羅家巫女嗎！怎麼會用最低階的咒術！」我的嘴角抽動。

「狗狗比較可愛啊！」羅嘉綺笑著道：「所以我比較喜歡用狗。」

她害羞地吐了吐舌，這樣純真可愛的表情真的非常適合她。

「還有你別小看牠們，牠們也很能幹！」羅嘉綺把兩隻小狗抱到我面前，「冬天睡覺時可以抱著炎犬取暖，很舒服喔！秋天還能拿牠來烤地瓜或烤肉，春節時可以點鞭炮！水犬夏天抱著睡覺時很涼爽，可以省去開冷氣的錢，而且還能拿來打掃洗衣服，很厲害吧！」

喂，這根本用錯地方了吧！

相較於亞麗莎的戰鬥，我們這邊簡直和平得不像話。也因為亞麗莎的強大，那兩個妖怪獵人根本沒在注意我們。

冷不防，有股莫名的不祥預感在我心底蔓延——或許，我再也沒機會看見羅嘉綺這樣傻呼呼的笑容了。

「所以，兩位沒用的妖怪獵人，有什麼遺言要交代嗎？」亞麗莎咧嘴一笑，

「算了，我也沒興趣聽。去吧，血色荊棘！」

話音方落，更多的荊棘衝了出來，分別朝兩人刺去！

羅嘉龍和孔天香祭出法術和拳頭來應付，雖然出招沒有任何遲疑，但是他們的動作依然跟不上數量眾多的荊棘，眼看就要被荊棘刺穿——

「不可以！」

兩道土牆憑空出現，擋在羅嘉龍和孔天香之前，荊棘釘在牆上穿不過去，順利地保住兩人一命。

出手之人，便是在場的另一個妖怪獵人，羅嘉綺。

「喂，妳幹什麼？」亞麗莎冷冷撇了她一眼。

她腳下的魔法陣消失，血色荊棘化成血色的光粒，逸散在半空中。

「不、不可以……」雖然恐懼，但羅嘉綺還是硬把話擠了出來，「我不能讓妳殺了大哥和天香姐。」

「妳在開玩笑吧？他們可是把妳當成背叛者，還想害妳耶！妳讓我殺了他們，妳就不會被當成背叛者了，不是很好嗎？」

亞麗莎，妳什麼時候從家裡蹲吸血鬼變成腹黑吸血鬼了？

「不可以就是不可以。」羅嘉綺搖了搖頭，一臉苦澀地說：「雖然一直以來他們總是欺負我，我也不怎麼喜歡他們，但是……我沒辦法眼睜睜看他們被殺。因為、因為他們是羅家的人，而我……我也是羅家的人！」

「那就別在那裡廢話！」羅嘉龍跳了出來，指著我們大喊：「妳不是很厲害嗎，快點動手殺了他們啊！」

羅嘉綺為難地看了他一眼，舉起拿著符咒的手，一臉糾結地看著我。她的手在半空中停滯了許久，始終沒有扔出符紙，最後她咬著下唇，把手放了下來。

「我果然還是做不到……」

她說得很小聲，但我還是聽到了。

「羅嘉綺，妳在做什麼！」羅嘉龍催促道，甚至破了音，「還不快點動手！妳面前的那個吸血鬼很弱對吧？快點殺了他啊！」

「這個我做不到！」羅嘉綺叫了出來，委屈地看向羅嘉龍，「因為家昂……因為家昂……讓我的心跳得好快、好快！」

「欸？」我整個人傻住了。

她明白她在說什麼嗎！

羅嘉綺蒼白的臉頰上出現些許緋紅色，雙眼泛著淚光，微微地垂下頭。

「他會拉起跌倒的我，牽著我跟他一起走，他還會在我危險的時候保護我……他的手真的好溫暖，他的擁抱也好溫暖……」羅嘉綺說著，淚水居然滑出了眼眶。

就這麼沉默了數秒，似乎是調整好心情後她才抬起頭，抹去臉上的淚水，無比堅定地看著羅嘉龍。

「所以我絕對不會討伐家昂，也絕對不會對他重視的人出手！」

「妳這個乳牛怪，不管妳反而越說越開心！」亞麗莎氣得跳腳，臉上出現一抹桃紅，接著用奇怪的語言講了一長串沒人聽得懂的東西。

「蛤？」基本上，她的話我完全有聽沒有懂。

羅馬尼亞語？

「嘖……」亞麗莎咋舌，斜眼看向羅嘉綺，「反正不要殺他們就可以了吧？真是麻煩。」

「現在還沒滿月，只能拜託妳了，亞麗莎。」我說道，輕輕摸了摸她的腦袋。

「呀！」她驚叫一聲，有些慌亂地道：「別開玩笑了，我才不、才不是為了你們好嗎！而且你這樣說，我要怎麼拒絕啊，卑、卑鄙的臭蟲！」

她哼了一聲，甩開我的手，擺出了格鬥的架式，打算用肉搏戰一決勝負。

可以的話，其實我並不想這樣勉強她。

雖然至今為止亞麗莎看起來游刃有餘，但我知道那是裝出來的。她的背後已經濕了一大片，汗珠不斷沿著她白皙的頸子滑落，加上剛才和李星羅的對峙，隨著時間推移，她的力量正迅速地流失。

孔天香走到羅嘉龍的身邊，惡狠狠地瞪著我們。

「嘉龍，既然那個背叛者不想動手，我們就別跟她囉嗦了！這點程度的妖怪，用我們的聯合法術就可以解決他們！」

「知道了……炎狼！」羅嘉龍高喊，血紅色的巨狼再次現身。

孔天香扔出符紙，符咒幻化成無數木樁圍繞在炎狼身邊，轟一聲被點燃，燃燒的木樁看起來就像燃著火的利牙！

兩人異口同聲：「**木生火，炎狼突牙！**」

「笑死人的東西。」亞麗莎冷笑，揮著大鐮往前衝去——

抖M的半吸血鬼

Masochistic Dhampir

Chapter 6.

雖然脫離戰鬥，但是感到不悅

炎狼突牙來勢洶洶，亞麗莎卻依然一副不放在眼裡的模樣，鐮刀在半空劃出一道血色弧線，華麗又優雅地輕鬆將炎狼和木樁砍成兩半。

宛如翩翩飛舞的美麗死神。

炎狼屍體化為星星點點的火花，映亮亞麗莎精緻的臉龐，她輕巧落地，同時間木樁碎塊咚咚咚地落在一旁，瞬間燒成灰燼。

亞麗莎將鐮刀在前方轉了數圈，最後扛在肩上，挑釁地露齒一笑。

「可惡啊啊——！」羅嘉龍放聲咆哮，抽出符紙和孔天香再次聯手——

太慢了。

亞麗莎一個蹬步，眨眼間衝到兩人面前。

「這種程度的妖怪獵人……」她撫摸著鐮刀刀身，雖然在笑，但語氣冰冷，「能活到現在，真的是種奇蹟啊！」

語音一落，她舞動鐮刀，刀柄由下往上直接將羅嘉龍整個人敲飛出去。接著刀柄迅速向旁一掃，狠狠擊中孔天香腹部，將人往後帶飛，還在地上滾了好幾圈。

眨眼間，勝負已分。

真是可怕，難以想像她以前到底有多強，獵殺她的妖怪獵人大概都被肢解了吧……

「不會吧，才一擊就爬不起來了？」亞麗莎不屑地嗤了一聲，朝他們勾了勾手指，「再來啊，垃圾。」

這傢伙是從哪裡學來這種流氓挑釁的語氣啊？

「可惡……」羅嘉龍吐了口血，正準備爬起時卻被亞麗莎踩住胸口，狠狠壓回地上。

「混帳！」他怒吼著扔出符咒，空氣中凝出無數小冰錐，往亞麗莎擊刺而去！

亞麗莎冷冷掃了一眼，冰錐登時被定在半空中，轉瞬化成冰碴。

「都已經這樣了，還不認輸嗎？」亞麗莎的語氣帶著調侃。

「我不可能對骯髒的妖怪低頭！我是妖怪獵人……羅家未來的掌門！」羅嘉龍嘶吼，憤恨得目眥欲裂，「我是羅家最強的妖怪獵人，將來會成為掌門的男人，怎麼可能輸給妖怪！」

「比妖怪還更像妖怪呢。」亞麗莎冷笑道，「對於不可能的事執著到如此地步，你真的還是人類嗎？」

「妳居然敢這樣羞辱我……居然敢羞辱我……我要殺了妳！我一定要殺了妳——！」羅嘉龍瘋狂大喊，從懷裡拿出一沓符紙。

亞麗莎眼明手快地踩住他的手，「這樣就叫汙辱嗎？那你對我說的話又算什麼呢？過去人類對我們一族做的事又算什麼呢？」

──「我們」當中很少有人會殺害自己同類，但是人類互相殘殺卻時有所聞，而且常常是因為奇怪的原因。他們欺負「我們」的手段也相當殘忍，我曾經見過同類被開腸剖肚、凌虐致死。我有好幾個姐姐被人類抓走，受盡玩弄後才被虐殺。老實講，人類比「我們」還要可怕。

我突然想到亞麗莎說的這段過去。

人類比妖怪更像妖怪，更諷刺的是，比妖怪更像妖怪的妖怪獵人，到底是憑什麼狩獵妖怪呢？不，應該說**狩獵妖怪本身就是件詭異的事情**。

人類是很詭異的生物，會去狩獵其他種族，想盡各種方法排除異己。但是不只對於其他種族如此，對於其他人類也是如此，抹殺反對自己的人、欺壓抵抗自己的人，想方設法解決掉「和自己不一樣」的人。

為什麼會如此？我也不知道。如果明白的話我大概不會成為一個抖M。

家庭和同儕，因為我不明白所以才會成為一個M。

「看樣子那個什麼巫女依然有存在的必要呢。」亞麗莎諷刺道，「因為，有這麼醜惡的妖怪潛伏在羅家之中。」

「妳！」羅嘉龍瞪著眼，反抓住亞麗莎的腳踝。

「真不安分。」亞麗莎反轉鐮刀，用刀刃抵住羅嘉龍的手臂，「乾脆把這隻手剁掉好了，反正少一隻手也不會死，對吧？而且臺灣有社會福利制度會照顧你喔！」

這傢伙！

「亞麗莎！」我連忙跑過去制止，但鐮刀已然舉起——

「噹！」三顆火球打在刀身上，鐮刀脫手飛了出去。

「乳牛怪！」亞麗莎不爽地瞪視羅嘉綺，「我在幫妳耶，搞什麼鬼啊！」

「唔……」羅嘉綺畏畏縮縮地開口：「我很謝謝亞麗莎……但是，他是我大哥……所、所以我不能看他變成殘廢……」

趁現在！

我趁著亞麗莎一點防備都沒有，連忙從背後把她抱起。

「你這個色狼，你在做什麼！」亞麗莎拚命掙扎，又吼又叫，帶著血腥味和洗髮精香氣的髮絲拂過我的鼻子。她看著我的雙眼充滿怒氣，還張開嘴，露出獠牙道：「快放開我！你這個渾蛋！敗類！咬死你！咬死你！咬死你咬死你咬死你咬死你！」

她嘴巴一張一闔，發出喀喀喀的聲音。

「嘿……嘿、嘿嘿！」我忍不住笑了出來。

再多罵我一點吧！剛才她只顧著羞辱羅嘉龍，現在總算輪到我了，好爽啊啊啊──

「你、你幹嘛這樣笑！噁心死了，你這個噁心鬼，快把我放開，不要把奇怪的病毒傳染給我！」亞麗莎瞬間從惡犬變成一隻驚慌的小貓，但嘴巴依然不饒人。

「嗚嘿嘿嘿嘿嘿……哇啊啊──！」我痛得慘叫。

亞麗莎逮到機會反抗，反手揪住我的耳朵，大力拉扯往兩邊。

「快點放手！」她一邊低吼一邊施力，「不然我就把你的豬耳朵扯下來！」

「羅、羅嘉綺，快點把人帶走！」我一邊叫著一邊往後退，「輕點輕點輕點！輕一點啊啊！耳朵真的會被扯下來！」

「那就扯下來吧，變態！」亞麗莎尖聲道，還真的越扯越大力。

趁這個瞬間，羅嘉綺朝水犬扔出符咒，水犬立刻變成一頭威風凜凜的水藍色巨狼，比羅嘉龍的炎郎還要大上一倍。巨狼把倒在地上的兩人頂上自己的背，再低頭讓羅嘉綺側坐上去。

「那個……謝謝……」

「別謝了，快走！」我白她一眼，「不然我的耳朵……好痛！我拜託妳輕一點！」

「唔……」羅嘉綺欲言又止，最後緩緩說道：「再見。」

水狼拔腿奔跑，轉眼間就消失在地平線上——但亞麗莎依然揪住我的耳朵。

「人、人都走了，妳快放手啦！」

亞麗莎臉頰氣得通紅，「你這個渾蛋，你到底在亂抱哪裡！」

這時我才查覺到手上那股不尋常的柔軟感。

我我我，該該該該……該不會是……？

我驚叫一聲，連忙鬆手。

亞麗莎也放開我的耳朵，輕巧落地。

「抱抱抱抱歉！」我一邊揉著又燙又痛的耳朵一邊說。

其實不只我的耳朵，我的臉頰也是一片火熱。

「對不起，我、我沒有注意到……」

「反正我就是小，小到不會被發現，哼！」亞麗莎白了我一眼，雙手抱胸轉過頭去。

「呃……不、不是這樣啦！雖然很小但是還是很軟，我剛剛只是因為……

哇啊！」我的腳被狠狠踩了一下。

好吧，我說錯話了。

「變態。」瞪了我一眼，亞麗莎背對著我。從這個角度，她發紅的耳根子完全暴露在我眼前，甚至連脖子都泛起一層動人的粉色。

沉默籠罩，我望著她的背影，一時間真的不知道該說些什麼。

雖然後天就是中秋了，但是蟬鳴依舊。夜晚的蟲鳴，聽來就宛如生命最後一刻譜出的告別曲，就連天上的月亮都多了一分孤寂之意。

我想到了一個笨蛋，一個好傻好天真的大笨蛋。

雖然我們才認識幾個小時，但是她已在我心中占走了一個位置，我相信我這輩子都不會忘記她。

心裡突然覺得有些空虛，我知道原因，卻無可奈何。

「回去吧。」宛如嘆息的語調，亞麗莎打破沉默，轉身往德古拉古堡的方向去。「回去打電動。」

我知道自己有話想說，可是什麼都說不出口，只能看了眼羅嘉綺離開的方向，默默跟在亞麗莎身後。

回到德古拉古堡，亞麗莎粗魯地推開門，筆直又快速地爬上二樓，沒多久就換了一套乾淨的新衣下來。

她直接往她的「基地」走去，整個人撲到沙發上，埋進兔兒和阿崽兩隻大布偶中間。

「唉呀，我還以為你們會在外面過夜呢！」菈菈從後面的房間出來，臉上還掛著笑容。

……她到底在期待什麼啊？

菈菈看了看亞麗莎的情況，又看了看我，接著臉色一沉，幾乎是用飄的到我的身邊。

「喂，怎麼回事？」她用足以把人凍傷的冰冷語氣問道。

「什、什麼怎麼回事？」我感到一陣惡寒，不由自主地打了個冷顫。

菈菈殺氣騰騰的模樣比亞麗莎還可怕一百倍，若不是因為亞麗莎的命令，我看她恐怕已經拿刀架在我的脖子上。

「你，家昂大人，對主人，做了什麼，事情？」詭異的斷音，再加上散發出來的駭人殺氣，如果我是隻兔子，一定早就被嚇死了。

好可怕！

我連忙大力搖頭。

「真的沒有？」菈菈懷疑地盯著我。

我再次大力搖頭。

「你是不是因為主人胸部太小所以嫌棄她，害她這麼沮喪？」

「不是好嗎，而且妳說的話才會讓她受傷吧！」

「噢……我還以為你嫌棄主人的平胸。」菈菈說著長嘆了一口氣。

這個女僕真的有點不正常！

「所以到底發生了什麼事，比垃圾還沒用的家昂大人？」

「唔……唔？」菈菈的話讓我的心跳霎時漏了一拍，但怎麼覺得有點……受傷？

先前被罵的愉悅感消失了，取而代之的是難過的情緒，在心裡一點一點蔓延。

變化開始了。

「哈囉，沒用的家昂大人？」菈菈說著，冷不防地甩了我兩巴掌。

「嗚嘿！」我的嘴角微微上揚，臉頰傳來的刺痛感和灼熱感讓我異常舒暢。

真的，開始產生變化了……只是有必要這麼粗魯嗎？

「傍晚七點十三分嗎……」她微微蹙起眉頭，低聲喃喃了幾句，接著臉上掛起微笑，「看樣子，可以開始動手修理家昂大人了呢……欠揍的傢伙。」

等等，她到底想對我做什麼！

「菈菈，小心下手別太重，要不然他真的會變得很噁心。」亞麗莎緩緩坐起身，翹起二郎腿，「真是的……連在家裡都不能安寧，只是想過清閒的日子為什麼這麼難？莫名其妙，林家昂，莫名其妙鬼。」

……她才是在說些什麼鬼東西？

「家昂大人，你該去檢查眼科囉，白目白目的。」

「妳也是吧？」我嘴角抽搐。

亞麗莎打了個哈欠，我看向她，那張白皙的臉比往常更加蒼白疲憊，我不禁有些擔心。

「亞麗莎，妳還好嗎？」

「我很好，別擔心。」她說著又躺回兔兒和阿崽的懷抱，閉上了雙眼。

「……抱歉，太勉強妳了。」

「你別誤會了，我又不是為了你才做的，自大鬼。」

「家昂大人，請問需要事後菸嗎？」菈菈掏出雪茄遞到我面前，揚起一抹詭異的微笑，「家昂・德古拉大人？」

「妳到底誤會什麼了？」我冒著冷汗問。

「當然就是家昂大人把嗶——對主人的嗶——然後不斷地嗶——最後就嗶

──」菈菈一邊說著一邊嘩了整段對話。

「妳也知道自主消音啊！」我實在受不了地拍了下她的額頭。

「家昂大人真狂野，別這麼粗暴嘛！不消音的話，聽說會有奇怪的委員會找上門來。」菈菈依然笑得相當曖昧，彷彿我真的和亞麗莎做了什麼需要消音的事。

「好了，不和你玩了。」她忽然神色一轉，嚴肅道：「所以，到底發生了什麼事情？」

我嘆了一口氣，把事情經過說了一遍。

菈菈是個很好的聽眾，中途沒有插話；亞麗莎則是一副不想多談的樣子，閉著眼，靜靜抱著黑白兔躺在沙發上。

「喔──這樣啊？」聽完事情的始末，菈菈斜眼看向亞麗莎，臉上又出現一抹詭異的笑容。

怎麼有種不好的預感……

「那家昂大人是怎麼想的呢？」

「欸？」這個完全出乎意料的問題讓我一愣。

「對於乳牛怪的事情，家昂大人是怎麼想的？」

「這個……」

……我是怎麼想的呢？

其實我早就知道答案了。看到她被那樣對待、羞辱，卻又傻傻地去保護他們，不論是誰都會和我有一樣的感想。

「我覺得，很不爽。」我說道，然後看向亞麗莎。

「看我做什麼？別看我，你的視線讓我很不舒服。」亞麗莎注意到我的視線，整個人躲進黑白兔玩偶的下面。

「當然是因為家昂大人想和主人做舒服的事啊——」

「黃腔夠了喔！」我忍不住白菈菈一眼，「什麼舒服的事情！」

「噗噗，家昂大人明明知道，別讓女孩子說這麼害羞的事情嘛！」

魔導具算是女孩子嗎？

菈菈收起輕浮的笑容。「那就算不爽，還能怎麼辦？」

「就是因為不能怎麼辦才會回來。」我苦笑道。

「家昂大人，當你認為不能怎麼辦時，就真的什麼都辦不到了。」她語重心長地說，「只有在覺得絕望的時候，才會真正地陷入絕望。」

我身體一顫。

「……那我該怎麼辦？」我蹙眉道。

「該怎麼辦就怎麼辦囉！家昂大人，其實你的心中早就有答案了吧？只是不敢去實行而已。」

「唔！」我有種被看穿的感覺。

「只是因為沒有力量所以不敢去做，對吧？」菈菈的雙眼直直地看向我。

最深層的心思被人赤裸裸剝開的感覺並不好受，我不由得移開視線。

「但是你忘記了嗎？」她好聽的聲音接著說：「和主人初次相遇時，什麼力量都沒有的你，做了什麼？」

我的心怦然一跳。

……菈菈說的沒錯。

真是的，我之前到底在想什麼？一切的答案、一切的解決方法不是很簡單嗎？我什麼時候變得這麼依賴亞麗莎的力量了？

「我知道了。」我認真地點了點頭。

重新看向菈菈，我發現她正對著我微笑。

「其實這才是主人所希望的。」菈菈壓低聲音，湊在我耳邊說道：「因為過去的悔恨，讓主人變成一個容易鑽牛角尖的人。不管是家昂大人變成吸血鬼的事，又或是乳牛怪的事，她都會不小心想太多。家昂大人，你有接受這份悔恨的覺悟嗎？你有承擔這份悔恨的肩膀嗎？」

我愣住了，沒有點頭也沒有搖頭——因為我沒有自信。

「總之，我先去準備晚上的點心和檸檬茶了。」菈菈說著，走進了餐廳，「對了對了，我之所以懷疑你和主人有什麼，是因為主人有段時間天天都在說家昂大人的英——勇事蹟喔！加油喔，主人最愛的家昂大人！」

……為何這種時候還要捅我一刀呢？

「噗啾！」我的腦袋瞬間被一隻會叫的布偶砸中。

「誰、誰一直說你的事啊！還有我才不愛你這個噁心鬼！」亞麗莎的尖叫聲隨即傳來，「噁、噁心鬼！噁心鬼噁心鬼噁心鬼噁心鬼噁心鬼噁心鬼！」

亞麗莎雙頰通紅，還嘟起粉嫩的嘴唇，不斷地拿放在旁邊的布偶丟我，另一手則緊緊地抱著黑白兔，完全是個鬧脾氣的小孩。

「你這個傢伙，我絕對沒有喜歡你！」她又丟了個布偶，對我叫道：「你不准給我亂想，都是菈菈那個笨蛋亂說的！」

「亞麗莎，妳覺得我怎麼樣？」我嘆了口氣，認真問道。

「當然是噁心鬼！變態！大色狼！」亞麗莎臉上的緋紅色迅速擴散到耳根，「就說沒有喜歡你了，還問這麼多做什麼！」

「妳誤會我的意思了，我知道妳不喜歡我，我只是要客觀的評價。」

「噁心鬼、豬八戒、垃圾、笨蛋、臭東西、畜牲、沒有活著的意義只會浪費空氣的臭蟲！」

可、可惡，她也說得太過分了吧！要也等到我變回精神M的時候說啊！

「還有……濫好人。」她嘟噥了一聲，隨即把視線挪開，「莫名其妙地對誰都好，又常常不自量力……真的是笨死了，豬頭！」

「這樣啊。」我嘆了一口氣，終於放下了心裡高懸已久的一塊大石。

「就是這樣啦，笨蛋！」亞麗莎吐了吐舌頭，做了個可愛的鬼臉。

「那，我這個濫好人決定了！我要去救羅嘉綺！」我說道，向她露出一個微笑，「可以嗎，亞麗莎？」

「你要去就去啊，雖然我不知道有什麼好救的！」亞麗莎斜眼看我，「反正就算我說不准，你也會去吧……濫好人！」

「嗯，沒辦法，誰叫我是濫好人。」我聳肩，「因為喜歡多管閒事，所以一定會去。」

「豬——頭！」她翻了個白眼，「超級莫名其妙！真搞不懂你的腦袋裡到底是水泥還是豆腐！」

呃……無庸置疑絕對是裝著腦子和腦漿。

亞麗莎哼了一聲，嘴角卻微微上揚，一個相當可愛的笑容出現在她臉上。

撲通！

剎那間我的心跳加速，臉上熱辣辣一片。

我急忙遮住臉，不讓亞麗莎有機會看見我現在的神情。

「所以你的規劃是什麼？」她收起笑容，清了清喉嚨，「到底要去哪裡找人，找到人之後該怎麼做，這些你想好了嗎？」

「真是個好問題。」

「笨蛋！」亞麗莎氣得大罵。

「但是我知道該問誰。」說著，我看向從二樓走下來的人影——

李星羅就站在那兒，臉上帶著令人生厭的噁心笑容。

難道他不知道什麼叫做非法入侵嗎？

亞麗莎也回過頭，眼神中透露出明顯的敵意。

「唉呀呀呀，吸血鬼大人，別這樣看我嘛！我只是來做生意的。」李星羅一如既往地輕浮笑著，就像是在自己家般自在地找個位置坐下，「我感覺到這裡有人需要我，所以我來了。」

李星羅嘿嘿笑了幾聲，然後看向我。

「別說得好像我和你有心電感應，又不是在演恐怖電影。」我忍不住吐槽。

「我才沒資格和小兄弟有心電感應呢！」李星羅嘿嘿笑了笑，意有所指地看了亞麗莎一眼，「你們，想去找妖怪獵──」

「噗嘶──」白色氣體倏地噴在李星羅臉上，亞麗莎正拿著殺蟲劑往他臉上狂噴。

「不好意思，沒錢。還有沒人准你這個移動垃圾坐我的沙發，義大利的小牛皮都被你這隻大蟑螂坐髒了！」亞麗莎生氣地罵道。

真是的，她到底有多愛這套沙發！

不過既然有了情報來源，現在就只需要等了，等到我有力量的時候。

午夜十二點，吸血鬼化。

抖M的半吸血鬼

Masochistic Dhampir

Chapter 7.

最終，吸血鬼們只是白忙一場

我的呼吸越來越粗重，心跳快得像是要跳出胸口，血液彷彿即將沸騰。轉化成吸血鬼後有股沉重的疲勞感不斷侵蝕我的精神，可以的話，我實在很想躺下去睡覺，但我不能這麼做，因為我還有重要的事情必須去做。

我搖搖晃晃地站在德古拉古堡門口，總覺得自己下一秒就會昏死過去。

菈菈那個鬼畜女僕，我狀態都這麼差了，她竟然不願意讓我多休息一下，一轉化結束就把我和李星羅掃地出門。

「嘿嘿嘿，看來我們同病相憐呢。」李星羅幸災樂禍道。

「誰跟你同病相憐，只有你是不速之客，我可是受到邀請才來的。」喉頭異常地乾燥和灼熱，我強忍著不適開口。

「結果還不是被丟出來了嗎？」他露出一抹惡意的微笑，看起來真的有夠惹人厭。

我正想反駁，沒想到就見身為古堡主人的亞麗莎也像小貓一樣，被抓著後領丟了出來。

……這根本是叛變吧！亞麗莎，妳這個做主人的一點威嚴都沒有！

雖然很想這麼大叫著吐槽，但是喉嚨的灼熱感越來越劇烈，隨著呼吸，總覺得氣管快燒起來了。

「嘖，都是你們的錯！害我也被丟出來，一群專門害人的渣渣！」亞麗莎不甘心地嘟噥，沒形象地揉著屁股站起身，「還有林家昂你也振作一點好不好？別像個很久沒出門的尼特族。」

我才不想被一個真正的尼特族說是尼特族！

她扔了一個鐵製水壺過來，我手忙腳亂地接住，立刻聞到了內容物的香氣。

那是能解除「鮮血渴望」的替代品，名為「聖血」的葡萄酒。

對於亞麗莎的體貼，我想道謝卻發不出聲音，只能猴急地打開蓋子，大口灌下裡面的葡萄酒。

「我先說清楚，這不是我特地帶出來給你的，你可別誤會了！」亞麗莎雙手抱胸，撇過頭去哼了一聲，「是菈菈那個傢伙硬要塞進我的口袋裡，逼不得已我只好帶出來，要不然我才不會管你這麼多，你這個食蟲蝸牛！」

……這個典型的傲嬌模式是怎麼回事？

「噗哈！總之謝謝了！」我滿足地哈了一口酒氣。

總算從得到解脫，我大力地深呼吸幾次，卻發現水壺上逐漸浮現一段文字，應該是魔法造成的效果。

家昂大人，這個小酒壺自從上次主人使用過後就沒洗，主人的口水應該讓酒變得更香更好喝了吧？請問間接接吻的感覺如何呢？

「……」我感覺到我的嘴角正微微抽動。

「幹嘛？」亞麗莎挑眉看我。

「沒──事！」我緊張得音調都變了，同時把手中的炸彈扔了出去。

我忘記自己已經完全轉化了，吸血鬼的力量太大，那個可怕的炸彈被我輕輕一丟，就瞬間化為流星消失在視線中。

呃……

我硬是擠出微笑道：「呵呵，沒事！什麼事都沒有！」

「呃，嗯……」亞麗莎面露疑惑，接著豎起了眉毛，「等一下，你為什麼亂丟我家水壺！要是菈菈生氣，我一定馬上告訴她是你幹的！你這個垃圾蛆蟲！」

比起被亞麗莎看到那段文字，我寧願面對丟掉水壺的後果……真是的，別搞我啊，那個鬼畜女僕！

「**真的沒事嗎？**」李星羅嘿嘿的笑聲突然從耳邊傳來。

我吃了一驚，僵硬地轉頭看他，然後哈哈哈地乾笑道：「當、當然沒事啊！」

但看他笑得一臉不懷好意，八成看到剛剛那段字了……

「嘿嘿嘿嘿嘿！」他繼續奸詐地怪笑。

可惡，這傢伙真的太危險了！

「先不提那個了，小兄弟啊，不過才一個月，你竟然變化得這麼驚人。」

李星羅話鋒一轉，「當初選擇『投資』你們，真的是最正確的選擇呢，嘿嘿嘿！」

「蛤？你是什麼……」

「李星羅，你是什麼意思？」亞麗莎打斷我的話，語氣中帶著警戒和緊張。

她仔細打量了我一遍，小巧的鼻子略微抽動，似乎是在觀察什麼東西。但是她的臉上卻多出了困惑，似乎沒有從我身上察覺到什麼異常。

我也沒有感覺身體有任何不適，李星羅指的究竟是什麼？

他看著我們咯咯咯地怪笑起來。

「吸血鬼大人啊，妳居然衰弱到這種程度，誠心建議妳該吸點人血了。」

李星羅說著，沒有眼白的雙瞳瞥向我，「這種程度居然不算異常？他越來越像個吸血鬼了，而且還不是一般的吸血鬼！論戰鬥力，**現在的他可是比平常的妳還要強上好幾倍，魔力直逼傳說等級呢！**」

「傳說……你說的是真的嗎！」亞麗莎的雙眼瞪大，愣愣地看著我。

她半張的嘴似乎想說些什麼，一張一闔地露出潔白的獠牙，卻始終沒發出聲音。

就這樣持續了半分鐘，她總算說出第一句話：「為什麼我會沒辦法辨別……為什麼會被侵蝕得這麼快……為什麼……」

「剛剛的戰鬥消耗了不少妳僅存的魔力吧？所以我才建議妳該吸血了。」

李星羅嘿嘿笑著說：「至於侵蝕，十之八九是因為上次的戰鬥。」

李星羅說著拿出一張照片，就是他賣給妖怪獵人，我全身插滿銀劍的那張。

「我賣給他們的銀劍，是中古聖騎士團專門用來屠殺妖怪的聖劍，劍身附有驅魔的魔法，而他們為了增強效果又多動了點手腳。一般來說，妖怪被刺一下就馬上嗝屁了，但是妳看，小兄弟的身上插了多少把呢？」李星羅用彎曲粗糙的指頭敲了敲照片上的我，「小兄弟不僅沒事，反而因為異常的再生速度將銀劍留在了體內，銀劍上的魔力，肯定被小兄弟一點不留地吸收了吧。真神奇啊，明明只是個半吸血鬼，卻跟……」

「沒那麼嚴重吧？」我連忙打斷他。

「就是這麼嚴重！」亞麗莎臉色蒼白地大叫，額頭冒出斗大的汗珠，「再這樣下去，你會沒辦法變回人類！事情就是這麼嚴重！」

唉，我就是不想提起這個話題。

「小兄弟，你可以把『吸血鬼化』當成中了吸血鬼的毒，因為它的本質就是吸血鬼的魔力在你體內活性化。現在你體內的魔力增加，就等同於加重了毒的劑量。」李星羅的眼睛彎成半月形，就像是看見稀世珍寶一般地看著我，「不過這樣子很好啊，我相信有很多生意要上門了！」

「別開玩笑！」亞麗莎幾乎是尖叫著道，憤怒地握緊了雙拳，卻撇過頭不看我。

「林家昂，你從現在開始離我遠一點！都是因為我你才會變成這樣，都是因為我才會一直遇到危險……明明他們全都是衝著我來的，我卻總是拖你下水……再這樣下去不行，因為、因為……」

「那個魔法傀儡的錄音嗎？」雖然我想用更婉轉的方式，但最後還是投出直球。

「沒錯，我不想再發生那種事了。」淚水在亞麗莎眼眶中打轉，但她還是逞強不讓淚水落下。

她的眉頭糾結，潔白的獠牙輕輕咬住下唇，那副痛苦的模樣讓我不禁感到心痛。

「我不想……那種事，我不想再經歷第二遍……」她近乎哽咽地道。

我沒有看過亞麗莎這副模樣。她是個倔強的戰士，從不示弱，不管被人打趴多少次，都會死撐著重新站起，直到用盡最後一絲力氣。

現在的她和往常截然不同，可是我知道這才是真正的她。

我想起日記本上的淚痕。

「呀——雖然不想打擾你們兩位，但是時間不早了喔！」李星羅嘿嘿笑著插話。

總覺得他出言打斷我們的對話別有所圖，雖然不清楚他在盤算什麼，不過這也正合我意。此刻的亞麗莎只會鑽牛角尖，不管我說什麼都沒有用。

「嘖……」亞麗莎無言地轉過身，自顧自地往前走。

望著她寂寥的背影，心裡陡然升起一股難過。

「是詛咒呢。」李星羅突然在我耳邊道，我反射性地向旁邊一跳。

「詛咒？」這傢伙又在打什麼啞謎？

「沒錯，如果想知道更多就拿錢來買吧。」他咯咯咯地笑了起來，「不過我得提醒你，別嘗試碰觸黑暗，會倒大楣喔！」

「我剛認識她的時候就死過一次了，就算再死一次也沒什麼。」我露出苦笑，也開始往前走，「而且我不會用這種卑鄙的方法知道她的事情，我會等到她願意說的時候。」

「真幸福啊，人類。因為沒有經歷過，所以才會把別人的黑暗看得如此輕鬆簡單。」李星羅以極度諷刺的口吻說道，又看著我嘿嘿嘿地笑了起來，「然而，這也是你依然是人類的證明。」

我沉默了片刻，終究開口道：「李星羅，越和你接觸，我就越搞不懂你是什麼人，表面上總是聲稱自己以利益為先，但像是在追尋著什麼。」

我說著，回想起他在批判羅家巫女圖時的情形。

「你搞錯了，我追尋的……當然是利益！」李星羅說著，全白的眼中卻隱隱藏著一股難明的情緒。

「那這次能夠帶給你什麼利益嗎？在我看來，你這次對我們也太好了，免費提供妖怪獵人的根據地這種事一點都不尋常。你到底有什麼目的？」

「目的嗎？哼，老實說好了，這次的生意充其量只能算是場騙局。」李星羅那張醜臉上閃過一絲憤怒，隨即又掛起吊兒郎當的笑容，「不過能從騙局中撈回多少油水，就是靠商人的智慧了。」

……完全不懂。

但可以肯定，他突然找上門這件事絕對有蹊蹺。

「總之我只是在做生意而已，一筆生意是某位我無法反抗的高人的委託，一筆生意則是蟾蜍精要你們去死的委託。」

「蛤？」

「生活在黑暗中的向日葵能夠算是向日葵嗎?即使如此,它依然努力地成長和茁壯,並且靜靜等待著一個能夠拯救它的騎士。**你會是這個騎士嗎,小兄弟?**」

意義不明的隱喻讓我完全摸不著頭緒,李星羅也不解釋,如同嘲笑般地嘿嘿笑了笑。

「總之你先注意蟾蜍精的委託吧,他們和妖怪獵人聯手了呢。」

「聯手?」我吃了一驚。

一想到羅嘉龍和孔天香對妖怪鄙視的態度,根本無法讓人想像他們會和蟾蜍精聯手,但是作為情報商的李星羅根本沒必要、也不能說謊。

「與其說聯手,更像是停戰吧?沒人希望在戰鬥時被人從後面捅一刀。」

李星羅臉上出現一絲不以為然,「雖然我不認為這樣就能對付你們。」

「恭維的話就不必了。」

「嘿嘿，那好吧。蟾蜍精正在重新招集人馬，下午你們遇到的是衝動派的，不等集結完畢就先衝來報仇了，現在開始，你們才會對上他們全部的力量喔……」

語音一落，他猛然推了我一把。

我往前跌倒的同時，兩道人影從一旁的檳榔園中躍出，手中物體映著月光，閃爍出銀白的光芒——

這傢伙！

「林家昂！」亞麗莎的尖叫聲遠遠傳來。

眼見銀光逼近，我立刻取回身體的平衡，伸手擋下從左右攻來的長劍。

「得手了！」

「不對，沒有砍斷，再來一次！」

「哈、哈哈……」我忍不住笑出聲來。

砍我的，正是蟾蜍精特別加工過的銀劍。那令我難以忘懷的痛楚，如今再次刺激我的神經，身體如同被電流通過的酥麻感直上腦門，令人無法自拔。

怎麼可能讓這麼舒服的事情結束！

我使出全部的力氣抓住劍刃，魔法和利器造成的痛楚透過血液刺激神經、透過神經刺激腦髓，這樣疼痛而愉悅的感受，無法不讓人上癮。

「哈哈哈哈，哈哈哈哈哈哈！」我放聲大笑。

「被、被銀劍刺傷還能笑得出來？」

「怪物啊啊——！」

他們放開手中的武器準備逃走，但是胸口卻突然被穿透，一雙纖細的手精準地抓出他們的心臟。尖叫聲戛然而止，鮮紅的心臟在我眼前顫動，些許鮮血還濺到我身上。

「不愧是吸血鬼大人，這樣才是真正的吸血鬼啊！」李星羅嘿嘿笑著，絲毫看不出有感到愧疚或羞恥。

「沒錯，這才是真正的吸血鬼。」亞麗莎冰冷的聲音傳來。

她兩手一握，手中的心臟瞬間成了肉塊，兩具屍體向前倒下，我噁心地乾嘔了幾聲。

一張帶著殺氣的冰冷臉龐出現眼前，亞麗莎臉上沾著血跡，獠牙外露，血紅色的雙瞳射出凶光，帶著無比的妖異和殺意，教人看了不寒而慄。

我突然想到那個初次和她相遇的夜晚，想起了「吸血鬼」，以及「妖怪」跟人類的差別。

我忍不住撇過頭去。

「原來如此，這才是最有效的方法嗎？」亞麗莎露出一抹苦笑。

「亞麗莎，妳該不會是想……」

「沒錯。」她說完便立刻轉身，迅速往前衝刺。

我知道她想幹什麼，她打算獨自幹掉所有蟾蜍精！

「李星羅，蟾蜍精現在有多少人！」我連忙問道。

如果蟾蜍精集結的人手有上次我們攻入楊光公司那麼多，其中還有楊光那種等級的敵人的話情況會十分不妙。

「這個咩——我忘記了。」李星羅嘿嘿笑著，食指和拇指不斷在我面前搓弄。

可惡！我沒有多餘的時間理會他，立刻丟掉手上的劍追了上去——

沿路都是屍體，他們的死狀幾乎一樣，神情驚恐，胸口被開了一個血洞，看得出來幾乎都是在沒有防備的狀況下被突襲幹掉。

我知道，這些都是亞麗莎幹的，她這麼做是為了告訴我——

這就是妖怪。

但我也很清楚，她的衝動會害死她。

「亞麗莎——！」我放聲大喊，希望亞麗莎聽見，也祈禱她能聽見，但是回應我的是尖叫聲和咆哮聲。

離目的地越來越近，墨綠色鐵皮搭建的工寮在黑暗中越來越明顯，大門有被破壞的痕跡。我一口氣跑到大門口，扶著膝蓋喘著氣。

亞麗莎站在屍體堆中央，一腳踩在某個還在抽動的蟾蜍精頭上，她一看見我，便使勁一踩，血沫飛濺，那隻蟾蜍精不再動彈。

粗略估計，裡面倒地的蟾蜍精大概有四十多隻，從現場看來別說戰鬥，這根本只是單方面的屠殺。

上次亞麗莎同樣處在虛弱狀態，但是一整個公司的蟾蜍精都沒辦法輕鬆制住她，更何況這些人。

亞麗莎緩緩轉頭看向我，那對冰冷的眼不帶一絲感情。

眼前的亞麗莎不是我認識的亞麗莎，是帶著面具只想趕走我的陌生人。

我不忍地挪開視線，發現到占據著工寮一角的妖怪獵人們。

羅嘉綺縮在角落吃驚地看著我，她的右頰微腫，嘴角有著血跡，似乎剛被人打過巴掌。

羅嘉龍和孔天香在一旁盤腿而坐，兩手手掌相對，身周圍繞淡藍色的氣息，大概是在做什麼武俠小說裡才有的運氣療傷。

「可惡！」我低吼了一聲，重新看向亞麗莎。

為什麼每一個、每一個人都這樣子！

「有意見？」亞麗莎咧開嘴，露出獠牙，手上的鮮血滴滴流到地上，「這只是一個妖怪該做的，有問題嗎？」

「當然有！」我吼道，「為了趕我走，妳有必要用到這種手段嗎？還有妳到底為什麼這麼想趕我走？」

「不這樣子，你會體認到你是個人類嗎？人類本來就不該出現在妖怪的世界裡！」亞麗莎臉上出現一抹哀戚的苦笑，「你越來越像妖怪了……我很害怕啊，林家昂！我很害怕！」

「……因為詛咒嗎？害怕詛咒會殺死我？」我克制不住地提高了音調，「如果害怕詛咒會殺死我……如果想殺死我，就來試看看啊！」

這無疑是賭氣，但我就是冷靜不下來。

因為害怕詛咒就將自己徹底與世界隔絕，這就像是明明沒有被關住，卻自願待在籠子裡的鳥……她根本不必害怕，因為她早就不是一個人，如果真的有詛咒，我怎麼會到現在還活得好好的？

「亞麗莎，我會證明給妳看，什麼詛咒都只是無稽之談！」我一步步走向妖怪獵人。

「喂，林家昂，你想做什麼……」亞麗莎叫著要追上來，卻被腳邊的屍體絆倒，「不准去，林家昂，不准去！」

「人類和妖怪，有什麼差別嗎？」我看了她一眼，又看向妖怪獵人，「人類和妖怪同樣擁有情感，同樣活在這個世界上，有必要刻意區分彼此間的差別嗎？」

什麼妖怪，什麼人類，什麼妖怪獵人，真是夠了……同樣都是生命，那麼接納不同種族，彼此尊重不是理所當然的事嗎？

「放心吧，我只是去驗證詛咒到底存不存在。」

「林家昂，不准去！」

「居然過來送死？很好，就先從你開始！」羅嘉龍說著咧開嘴，準備站起身時卻被孔天香按住了肩膀。

「你專心準備那招，他就交給我來對付！」孔天香站起來，身上淡藍色的氣息散去，瞪著我扳了扳手指，「剛剛真的要好好地謝謝你們啊！」

「家昂快逃！我的靈符全被他們拿走了——」羅嘉綺的話說到一半，便被一記響亮的巴掌打斷。

「妳這個賤貨，到底要吃裡扒外到什麼時候！」孔天香又甩了一個耳光，

「真的是豬狗不如！」

「林、林家昂——」

亞麗莎的叫聲越來越近，孔天香立刻扔出數張符紙，接著身後傳來砰一聲巨響。

我擔心地回頭，發現亞麗莎撞在一道淡綠色的透明牆壁上。

孔天香大笑出聲，「可憐的妖怪，妳不是很厲害嗎？那就打破我的結界給我看啊！」

她一臉得意地高聲道：「這可是專門用來關住妖怪的孔家結界，憑妳是打不穿的，愚蠢的吸血鬼！」

「啊啊——！」亞麗莎嘶吼出聲，不甘地用拳頭搥打結界。

但現在已經滿月，失去力量的她完全拿結界沒辦法，無論是用血色的鐮刀或是血腥荊棘，結界連一點裂痕都沒有。

「為什麼、為什麼……」她垂著牆壁，緩緩滑坐在地。

我緊咬牙根，沉重的罪惡感撕扯著我的心，我不想這樣傷害亞麗莎，但是不這麼做她一定會把我趕走。我轉過頭，假裝亞麗莎不存在，試著去忽略那讓人心痛的叫聲。

但看到孔天香那張得意的臉時，我忍不住開口：「……亞麗莎才不是打不穿。」

我的聲音正在顫抖，但我還是無法不替亞麗莎進行辯駁：「她只是不屑打穿這種三流的結界！還有也謝謝妳把那個麻煩的笨蛋隔離起來……就請你們做好被我修理的覺悟吧！」

絕對不能原諒他們。

看著羅嘉綺的慘狀、聽著亞麗莎的哭喊，這是我現在心底唯一的想法。

「只是個沒用的吸血鬼，少說大話！」孔天香的雙手再次纏上火焰，一個箭步朝我衝來——

一切就如同亞麗莎所說，她的動作真是慢到極點。

以人類來說她的速度快得十分誇張，但是在吸血鬼眼中，她慢得就像是烏龜一樣。

這女人根本沒有意識到自己的實力在哪，何況她似乎忘記了自己所對付的不是人類，才會這樣毫無警覺地大放厥詞。

孔天香完全不需要放在眼裡，我擔心的是羅嘉綺。她一臉緊張的模樣，顯然是在關心我。但是羅嘉龍卻粗魯地推開她，將她撞倒在地。

我生氣地把視線放回孔天香身上。

被我突然一瞪，孔天香的動作慢了半秒，我輕鬆地閃開了她的上勾拳。事實上，就算她的拳頭打中我，一樣造成不了任何傷害。

孔天香臉上閃過一絲驚訝，但立即開始一連串猛攻。左勾拳、右勾拳、直拳、迴旋踢等等招式都被我一一閃過，我抓住她攻來的左手，將她往我的方向一拉，再狠狠往她臉上灌了一拳！

她整個人飛了出去，在地上滾了好幾圈才停下。

「天香，妳沒事吧！」羅嘉龍大叫，接著瞪向我，「你居然敢打我的天香！」

「可惡……可惡！」孔天香狼狽地爬了起來，看起來沒受什麼傷。

她正準備衝來再給我虐一次時，卻被羅嘉綺一把抱住大腿。

「天、天香姐！」羅嘉綺半邊臉腫得老高，卻硬是擠出一抹笑容，「不、不要再打了，我們已經輸了，我們、我們撤退吧。」

沒錯，他們無庸置疑地沒有任何勝算，乖乖認輸滾回家才是最好的選擇。

但我知道他們不可能就這樣善罷甘休。

「滾開！」孔天香一腳踢開羅嘉綺，尖聲大罵：「就是因為妳一開始沒有解決他，現在才會變成這樣！事情變得這麼麻煩都是妳的錯！」

她一邊吼著，竟然一邊對羅嘉綺舉起燃著火焰的拳頭。

「妳敢動手就給我試看看！」我大喝一聲，黑色魔法陣從腳下竄出，迅速擴展，將整個工寮籠罩其中。

孔天香的動作瞬間定住了，羅嘉綺順利地趁機躲了開來。

幸好，我總算鬆了一口氣。

魔法陣消失，接著孔天香一屁股跌坐在地，臉色慘白地望著我發抖。

「家昂……家昂！」羅嘉綺終於哭了出來，用著像是想把過去的委屈全部喊出來的方式，向著我哭喊，「幫幫我……家昂！」

「不用妳說，我也會這麼做。」我扳著手指朝孔天香走去。

孔天香半張著嘴，屁股貼著地面地不斷向後退，臉色慘白得如同死人。

「你這渾蛋，離天香遠一點！」

三顆火球猛地打到身上，立刻燒了起來，皮肉被燒灼的疼痛還不錯，可惜我現在沒時間享受。我一把拍熄火焰，瞥向攻擊我的那個男人。

「居然敢傷害天香！」羅嘉龍手上拿滿了符咒，周圍纏繞著大量的藍色氣息，看起來魄力十足。

「對不起天香，讓妳久等了，不過法力已經累積完成，可以使用那招了！」

羅嘉龍站到孔天香身邊，扔出符紙，同時間雙手開始結印。

「低賤的妖怪，讓你看看羅家道術的精隨，天獄劫火！」

羅嘉龍扔出漫天符咒，筆直朝我飛來，以我為中心繞著我旋轉，接著他大喝一聲，符紙登時燃起純藍色的火焰！

藍色的火焰……兩千度的高溫嗎？

我倒要看看究竟是兩千度的火焰燒得快，還是我的再生速度更快！

究竟我會因詛咒而死，還是會破解詛咒活下來？

「林、林家昂，快逃，那個溫度不是開玩笑的啊啊——！」亞麗莎的尖叫聲傳來，淚水沾滿她的臉頰。「我錯了，所以你別生氣，快回來……不要、不要再讓我一個人……」

「家、家昂——！」羅嘉綺企圖朝我跑來，卻被孔天香粗魯地揪住那頭漂亮的頭髮，但她依然掙扎著想衝過來，「別幫我了，別幫我了！這招……這招你一定會死啊啊！」

「妳在說什麼傻話，我已經決定要幫妳了啊。」我向她淡然一笑。

「受死吧，妖怪！」羅嘉龍表情扭曲，面目醜惡得簡直就像個妖怪，他的聲音高了好幾個音階，接著劍指一揮，「滅！」

隨著他的喊聲，青色火球四面八方朝我撲來。

眼前的世界變成一片熾白，然後又變成一片黑。劇烈的痛楚傳遍全身，我的皮膚、肌肉、內臟到骨頭在一瞬間被火焰侵蝕，最後失去了感覺。

「呀啊啊——」亞麗莎和羅嘉綺的尖叫聲彼此交合，在我的意識中不斷迴盪。

我不確定我的腦袋還在不在，我只知道我依然保有意識。

但是才沒幾秒鐘，深沉的黑暗中出現了耀眼的光芒，熾白光點亮起，逐漸擴大，最後成為一片彩色的世界。

映入眼簾的，是羅嘉龍和孔天香吃驚的臉。

我吐了一口氣，呼出滿滿的煙和火星；動了動手腳，全身上下都發出啪啦啪啦的怪聲，鼻間還聞到了烤肉味。

緊接著疼痛的浪潮襲來，難以負荷的痛楚讓我的大腦瞬間停頓了幾秒，然而在適應之後，更加強烈的愉悅感幾乎將我淹沒。

疼痛！再給我更多的疼痛！

「嘿……嘿嘿……哈哈哈哈哈哈哈！」我仰天大笑，身上焦黑的皮膚一片片剝落，露出底下新生的皮膚——

「等等！」忽然意識到不對，我連忙夾住大腿，遮住下半身，「不准看！」

雖然我的身體完全復原，但是我被燒掉的衣服和鞋子不會再生啊！

李星羅嘿嘿的笑聲傳來，「小兄弟，真是精彩的表現啊，那可是羅家排行前幾名的強招，你居然能夠硬吃下來還毫髮無傷。不過吸血鬼大人似乎沒有意識到這點呢。」

他站到我身邊，塞了一套帶著血跡的西裝到我手中，八成方才從蟾蜍精身上剝下的。

聞言，我回頭發現亞麗莎趴在血泊中，沒有注意到我。

「放心吧，吸血鬼大人沒事，只是因為受到刺激所以有點痴呆。快去換上衣服吧，溜鳥俠。」李星羅嘿嘿笑著，看向羅嘉龍和孔天香，「好了，現在該是時候算算我們之間的帳了？」

我抱著衣物到掩蔽物後方，匆忙換上衣服回到定位，前後不到二十秒。

「人類，真是好大的膽子啊？」李星羅拎著羅家巫女圖，咧嘴怪笑，身上散發出駭人的氣勢。

和他平時輕浮的感覺完全不同，現在的他散發一股不寒而慄的陰沉氛圍。

「你、你是什麼意思……」羅嘉龍聲音打顫，方才的狂妄完全消失無蹤，「我完全聽不懂你在說什麼！」

「完全不懂？」李星羅臉色一沉，那張難看的臉更加扭曲，「你給我的東西是假貨……這不是蘇軾的真跡，真貨在哪裡？」

……假貨？等等，那幅蘇東坡的畫是贗品？

「不可能！羅家巫女圖只有一幅，我哪來的假貨給你！」羅嘉龍吼道，看起來不像在說謊。

「喔——？」李星羅微微揚起頭，沒有眼白的雙眼緊盯著兩人。

「你該不會把真貨藏起來，拿了一幅假的想要敲詐我們吧！」孔天香勇敢許多，直截了當地質疑道。

李星羅大力哼了一聲，「你們把我當成什麼了？」說著把畫捲了起來，扔到他們腳邊。

羅嘉龍沒有彎腰去撿，臉上反而出現了厭惡之色；羅嘉綺則是馬上把卷軸撿了起來，緊緊抱在懷中，一副怕被人搶走的樣子。

「我有必要騙你們幾個窮光蛋的錢？不過看這個樣子……你們大概也只是被騙了。」李星羅不屑道。

「這是當然的！」羅嘉龍鬆了一口氣，然後似乎注意到了什麼，臉色瞬間變得難看，「你區區一隻妖怪，憑什麼對我大呼小叫？」

「你似乎還沒搞清楚狀況啊，羅嘉龍先生。」雖然已經確定他們不知情，但李星羅的臉色並沒有改變，「你現在可是欠我一筆不小的金額呢，從情報費到攻擊前的準備，一共是六百萬美金。」

「我不是把畫當給你了嗎！」

「我說過了那是假貨，剛剛在鑑定時真的讓我的心情糟到極點。」

「那不關我們的事！」孔天香也跟著說：「我們只有那幅畫，而且我們還有收據！」

「收據上面可是有註明前提，一切都是真貨的情況下交易才成立。」李星羅瞇起眼說道。

孔天香立刻掏出收據，接著臉色一變。

「可、可惡……」她罵了一聲：「我們就是沒錢，什麼都沒有，不然你想怎樣？」

無賴的大絕招啊！

「沒錢？不，你們怎麼會沒錢呢？你們不是還有命嗎？」李星羅說著走向兩人，「活人的器官，在妖怪的黑市裡可是能賣到不錯的價錢呢。」

「混帳！」羅嘉龍扔出符咒，變化出一隻老鷹，筆直地往李星羅衝去。

李星羅連閃都不閃，只是舉起左手擋在面前。

老鷹撞在那條乾枯的手臂上，轟一聲，手臂被瞬間炸飛。

羅嘉龍哈哈大笑，「見識到了吧，該死的妖怪，這就是羅家……」

他笑到一半，李星羅即以迅雷不及掩耳的速度，嘿嘿笑著站到了兩人面前。

「羅家的什麼呢？」缺了一隻手的李星羅問道。他出門做生意，都是用墳場挖來的傀儡，本尊不在這裡，失去一隻手臂根本算不了什麼。

羅嘉龍猛地退了一大步，驚恐地張大了嘴。

「可惡……要不然！」孔天香一把將羅嘉綺推到李星羅面前，指著她說：

「這個當成抵押品！可以吧？她的法力很高，她的器官一定可以賣不少錢！」

「喔？」李星羅低下頭，看著羅嘉綺。

羅嘉綺咬著下唇，眼角含淚，但沒有反抗。或許她早就料到會被推出來當替死鬼。

我感到一陣噁心。

這些傢伙……這些傢伙！

「這倒是不錯的提議呢。」李星羅的臉上瞬間出現笑容，顯然相當滿意眼前的「商品」，「那我就不客氣了，抵押品。」

沒有符咒的羅嘉綺等於沒有任何反抗能力，只能像隻待宰的羔羊白著臉，等待即將來臨的命運——

「李星羅。」我抓住他，冷冷道：「夠了吧？」

「唉呀，小兄弟，欠債還錢可是天經地義啊！」李星羅的語調輕鬆，臉色卻瞬間變得陰沉，身上散發出濃濃殺意，「誰都別想阻止我討債，就算是你也一樣。」

「不好意思，你搞錯討債的對象了。」我瞪著他說，「她絕對不是你討債的對象，而是委託我幫忙的委託人！」

「你這個妖怪，別來妨礙我們！」孔天香用高八度的聲音尖叫著，「這是我們的家務事，外人別插手！你……」

「啪！」二話不說，我直接賞她一巴掌。

「你、你……」她吃驚地瞪大了眼。

「啪！」又一記耳光打在她另一邊的臉頰。

「你居然敢打天香……嗚噗！」

羅嘉龍還在大呼小叫，我不耐煩地一腳將他踹飛。

「李星羅，你說誰都不能阻止你討債是嗎？」我重新把視線放回李星羅身上，「那不好意思，從現在開始，誰都不能阻止我保護羅嘉綺，誰都沒辦法阻止我完成她的委託！」

「如果我不如你願呢，小兄弟？」李星羅反問。

「那我就會跟你打，不管你要派多少傀儡來都可以，打到你覺得虧本為止。」我聳聳肩，將他僅剩的右臂扯了下來，隨意扔到一旁。「畢竟，做傀儡也是需要成本的，對吧？」

李星羅盯著我數秒，沉默，而我也不甘示弱地盯著他白濁的雙眸。

「哈哈，說得好，小兄弟，我果然沒有選錯投資對象。」他咧開嘴大笑，乖乖退到一旁。「那就請吧，帥氣的吸血鬼騎士……為了獲得更多利益，前期花費總是必要的。」

我站到羅嘉綺面前，一把將她打橫抱起。

「啊！」羅嘉綺發出驚呼，一臉呆然地看向我。

「如果沒地方去的話，妳可以留在這裡。」我緩緩地說。

「……欸？」她似乎還是不明白，傻傻地望著我。

「妳和他們翻臉了，不是回不了家了嗎？」我低頭看著她，「所以，妳可以……」

「小兄弟，她可以回去喔！」李星羅突然插進話。

一回頭，只見到四肢完好的李星羅站在我面前，缺了雙手的李星羅則是被他一手夾著，一動也不動。

他的身邊憑空開了一扇門，門的另一邊不是商店，而是一間房間，房間中央坐著一個老婆婆。老婆婆身穿一襲白唐裝，手裡拿著瓷杯，優雅地品茗。

李星羅嘿嘿笑道：「我不是說了嗎？我做的生意一共有兩筆呢。」

我愣了愣，望著那張醜陋的笑顏，真的有種被他擺了一道的感覺。這傢伙剛才的表現十之八九是在演戲，目的在於完成另一筆委託——

「奶、奶奶！」羅嘉綺從我的懷中翻了下去，想都沒想地奔向那個老婆婆。

李星羅扔出符咒，符咒化成兩條粗繩索，綑住了同樣訝異不已的羅嘉龍和孔天香。

「你要做什麼！」羅嘉龍掙扎著想掙脫繩索。

「骯髒的妖怪，放開我們！」孔天香也跟著大叫。

「沒辦法啊，兩位，這是雇主的要求。你們以為我只會和你們兩個妖怪獵人做生意？不好意思，羅家掌門人可是我的長期客戶呢……」李星羅嘿嘿笑著，拉起繩索的另一頭，將兩人拖往房間。「兩位已經被認定為是羅家的背叛者了呢……」

「什……奶奶，事情不是這樣！」羅嘉龍連忙叫了出來。

老婆婆毫不理會他的辯解，反而看著我，微微點頭示意。

李星羅把人拖進去後，門漸漸變得透明，似乎快要消失了。

我看著門內的羅嘉綺，她也注意到我的視線，然後張開了嘴——但是在聲音傳過來前，門已消失得無影無蹤。

……搞什麼鬼，最後居然用這種方式道別。

我嘆了口氣，總覺得心中有股難以說出口的遺憾。

不過，這種突然的方式也很有她的風格……

既然事情已經告一個段落，羅嘉綺走了，我們也該回家了……

等等！剛才太過生氣，我竟然忘了確認亞麗莎的情況了。

「亞麗莎！」我連忙回頭，跑到她身邊蹲下。

亞麗莎依然趴在血泊中，沒有任何動靜，我伸手搖了搖她，卻發現她的身體異常冰冷。

「亞、亞麗莎，妳沒事吧！」我把人抱起，輕輕拍著她柔軟的臉頰，那對紅寶石的雙眼卻如同死人般空洞無神。

「都是我……都是我……都是我……都是我……都是我……都是我……都是我……都是我……都是我……都是我……都是我……都是我……都是我……都是我……」她著了魔似地不斷低喃。

怎麼回事……

難道這是李星羅提到的那個詛咒造成的嗎？

「亞麗莎！」我再喊了一次，用力彈了下她的額頭，「喂，亞麗莎，回答我！」

她無神的雙眼逐漸回復了神采，呆愣地盯著我，下一秒，淚水轉瞬間氾濫成災。

「妳沒必要……嗚！」

她緊緊抱住我，纖細的手臂相當有力，勒得我快不能呼吸。我能感覺出她嬌小的身子正在打顫，卻沒有哭出聲，大概是不想示弱所以在忍耐吧？

我嘆了口氣，抱著她輕撫她的後腦勺。

「我在這裡，也會一直在這裡。」我在她的耳邊安撫道，「而且妳看，兩千度的火都燒不死我了，所以妳也不用再擔心什麼詛咒了，對吧？」

她沒有回應，只是重重在我的胸口搥了一拳。

「……走吧，我們回去吃點心。」我輕聲說道。

但是，亞麗莎依然沒有回應，只是放開我，慢慢站起身往外走去。

看著她孤單的背影，我愣在原地。

難道我……做錯了什麼嗎？

在這之後，亞麗莎不曾再和我說一句話。

抖M的半吸血鬼

Masochistic Dhampir

Bonus

中秋派對的不速之客

三天很快就過去了，這幾天我都住在德古拉古堡沒有出門。

這三天來亞麗莎都不和我說話，只是用詭異的眼神盯著我，用詭異的方式和我傳遞訊息，不然就是用 Line 傳貼圖給我，一副想和我接觸但是又不願意講話的模樣，完全搞不懂她到底想幹什麼。

我們倆之間正在進行詭異的冷戰。

舉例來說，如果她要我跟她一起玩 Wii，她會不管我在做什麼，直接把搖控器丟到我面前，甚至還有一次在我洗澡時闖進來，不然就是在十分鐘內用 Line 傳送將近一百次同樣的貼圖，簡直是疲勞轟炸。

有人會找冷戰對象打電動嗎！

有人會對冷戰對象傳 Line 嗎！

總之在三天過後，我平安地變回人類，真是可喜可賀。

今天是變回人類的第一天，我回家整理了一下，把該做的事情做完後，便拿了錢包鑰匙出門。

雖然中秋節已經過了，但是我還是想趁月亮還算圓的時候，讓亞麗莎感受一下臺灣人過中秋的氣氛，也藉此修補我們之間的關係。

至於烤肉的資金，則是用菈菈給我的那筆錢，然後我再用自己的錢去買盒甜死人不償命的月餅，光是想到亞麗莎貪吃的表情，我就忍不住想笑。

但是我的好心情只維持到我開門的那一瞬間。

「……」

看著堆在門口的好幾個大紙箱，我完全不知道該說什麼。

我向周圍看了看，原本沒人住的隔壁房間大門敞開，看來是有新房客要入住。

搞什麼鬼，就算是搬家也不該把行李堆到別人家門口吧？

「不好意思……啊啊！」

就在我出聲想請人把東西移走時，隔壁的房客走了出來——

那人有著清秀的五官，一頭又黑又長的秀髮和身上的白色洋裝成了明顯的對比，除此之外，還有著能氣哭亞麗莎的姣好身材——

是羅嘉綺。

「喔喔，是監視對象！」一見到我，羅嘉綺馬上說出這句令人汗顏的話。

「等等，再次見面的第一句話怎麼會是這句？」我的嘴角微微抽動，「這和妳的外表完全不符耶！」

「重新見面？外表不符？」羅嘉綺不解地微微歪頭，接著一臉驚慌地大叫，「糟、糟糕，我應該躲起來的！可惡，不愧是吸血鬼，這麼快就發現我的存在！」

「呃……這時候我是不是只要笑就可以了？」

「怎麼辦！這樣子任務第一天就失敗了！」

「任務？」一聽到這個名詞，我的心霎時升起了一絲涼意。

該不會又是來獵殺我的吧？

「就、就是那個啊……奶奶聽了妖怪商人的報告後就……」羅嘉綺支支吾吾地說，「奶奶叫我到你的身邊來觀察你……」

呃，這和「監視」好像有點差距吧？

我嘆了口氣，不禁笑了一聲。

「我來幫妳吧！」我說著抱起面前的紙箱。

「欸——你該不會想趁機偷我的內衣吧！」羅嘉綺一臉警戒地盯著我，「我警告你，我會盯著你，而且還會清點！如果少一件我就報警！」

房間。

「才不會，所以妳別擔心！」我白她一眼，帶著笑容把東西搬進羅嘉綺的

看樣子，要多準備一人份的烤肉了。

——《抖M的半吸血鬼02》完

抖M的半吸血鬼

Masochistic Dhampir

後記

第二集終於正式發售！感謝各位願意購買第二集，也歡迎沒有購買第一集錯手買了第二集的噴油們回頭買第一集！

這次的故事是魔法少女的故事……雖然沒有QB也沒有「要不要成為魔法少女？」之類的臺詞，但是這貨真價實的巨乳魔❤法❤少❤女！雖然正式名稱叫做「妖怪獵人」就是了。

除此之外，這次還稍微提了一下「那個她」以及「家昂會喜歡被虐的原因」，隨著這樣的主線順序，亞麗莎的故事即將到一個段落！家昂和亞麗莎的發展也逐漸變得明瞭！

再講下去就會被L編輯消音了，不過消音的內容不是劇情的發展，而是我的慘叫聲和某些東西碎裂的聲音……想到那連說都沒有辦法說出口的慘狀，我決定閉嘴！

可是篇幅還有好長，接下來該說些什麼好呢……

天氣變冷了，請各位要注意保暖，以防感冒。個人已經感冒將近兩個月，加上因為煩惱、操勞和忙碌，根本沒辦法好好吃藥休息。

這時候就會懷念當學生的日子，社會人士完全沒有寒暑假，表示哭哭。

不過也別老是想著放假，不然會像我一樣被當掉（遮臉）。←大學只讀兩年半，曾經連續三個月沒有進學校。

隨著天氣變冷，就會想著「好想要有人陪啊」之類的，冷冷的天氣和戀人相互依偎，躲在棉被裡看喜歡的電影，走在街上邊牽著手邊鬥嘴，感覺是很棒的生活。

可惜，我至今只有左右手的陪伴（哭）。

最後，哈皮的粉腸專業開張囉～

因為不知道放什麼，所以放的東西異常雜亂，目前大致分類為「以前的小說」、「生活雜記」和「讀書心得」，歡迎來點點讚！

粉腸專業，以前的黑歷史現正連載中（遮臉）

https://www.facebook.com/Hoppy.Hoppy.Hoppy.LightNovel/

難得沒有病的下集預告（其實也才做第二次）：

吸血鬼王權的爭奪，德古拉一族面臨惡戰！

「她」終於現身——亞麗莎的噩夢、亞麗莎的過去，以及讓她變成

「滅族者」的「半吸血鬼」。

血腥的風暴再次襲來，恐懼與黑暗，如影隨形……

高寶書版集團
gobooks.com.tw

輕世代 FW169

抖M的半吸血鬼02

作　　者　哈　皮
繪　　者　水　佾
編　　輯　林紓平
校　　對　林思妤
美術編輯　邱筱婷
排　　版　彭立瑋
企　　劃　陳煒翰

發 行 人　朱凱蕾
出　　版　英屬維京群島商高寶國際有限公司臺灣分公司
　　　　　Global Group Holdings, Ltd.
地　　址　臺北市內湖區洲子街88號3樓
網　　址　www.gobooks.com.tw
電　　話　(02) 27992788
電　　郵　readers@gobooks.com.tw（讀者服務部）
　　　　　pr@gobooks.com.tw（公關諮詢部）
傳　　真　出版部　(02) 27990909　行銷部 (02) 27993088
郵政劃撥　19394552
戶　　名　英屬維京群島商高寶國際有限公司臺灣分公司
發　　行　希代多媒體書版股份有限公司/Printed in Taiwan
初版日期　2015年12月

國家圖書館出版品預行編目(CIP)資料

抖M的半吸血鬼 / 哈皮著.-- 初版. -- 臺北市：
高寶國際, 2015.12-
　冊；　公分. --

ISBN 978-986-361-218-6(第2冊：平裝)

857.7　　　　104005460

三日月書版

三日月書版

GOBOOKS
& SITAK
GROUP ©

GOBOOKS
& SITAK
GROUP©